テメレア戦記1

気高き王家の翼

ナオミ・ノヴィク　那波かおり＝訳

上

This translation published by arrangement with Del Rey,
an imprint of Random House,
a division of Penguin Random House LLC,
through Japan UNI Agency, Inc., Tokyo

チャールズへ

sine qua non

〔あなたがいなければなにも〕

テメレア戦記1 気高き王家の翼 上 目次

第二部

テメレア

中国産の稀少種とみられる漆黒の大型ドラゴン。中国皇帝からナポレオンに贈られた卵がイギリス海軍のフリゲート艦に奪取され、艦上で卵から孵った。艦長であったローレンスを担い手として選び、英国航空隊ドラゴン戦隊の所属に。本が好きで、好奇心と食欲が旺盛。抜群の戦闘力を持ち、ローレンスとは強い絆で結ばれている。

ウィリアム(ウィル)・ローレンス

テメレアを担うキャプテン。英国海軍の軍人としてナポレオン戦争を戦ってきたが、艦長を務めるリライアント号がフランス艦を拿捕し、持ち前の責任感ゆえに否応なく、稀少種の竜テメレアの担い手となる。規律を重んじる、生真面目な性格。艦長から航空隊飛行士への転身にとまどいつつも、新たな任務とテメレアとの交流に心を震わせている。

航空隊の人々

ジョン・グランビー……ローレンスに反発する空尉
イージキエル・マーティン…空尉候補生。テメレアの搭乗クルー
ホリン……テメレアの地上クルー
エミリー・ローランド…テメレア・チームの見習い生
バークリー……マクシムスを担うキャプテン。ローレンスの訓練同期生
キャサリン・ハーコート…リリーを担う若き女性キャプテン
ジェーン・ローランド…エクシディウムを担う豪放な女性キャプテン
ジェレミー・ランキン…名家出身で、ロッホ・ラガン基地所属の伝令使
ジャン＝ポール・ショワズール…フランスから亡命してきた飛行士
ジェームズ……逓信《ていしん》使。ヴォラティルスを担うキャプテン
レントン空将……ロッホ・ラガン基地の総司令官

ドラゴンたち

ケレリタス……ロッホ・ラガン基地のトレーニング・マスターで長老的存在
マクシムス……テメレアとともに訓練を受ける大型ドラゴン。リーガル・コッパー種
リリー……テメレアの戦隊で攻撃の中心、毒噴きのロングウィング種
レヴィタス……孤独な伝令竜、ウィンチェスター種
ヴォラティルス（ヴォリー）…卓越した速力を持つ逓信竜
プレクルソリス……ショワズールとともに亡命してきたシャンソン・ド・ゲール種

その他の人々

トム・ライリー……リライアント号の海尉。ローレンスの腹心の部下であり友
イーディス・ガルマン…ローレンスと結婚の約束をしていた女性
アレンデール卿……ローレンスの父
レディ・アレンデール…ローレンスの母
エドワード・ハウ卿…ドラゴン学者、ロンドン王立協会会員

第一部

1　漆黒《しっこく》のドラゴン誕生

　フランス艦の甲板《かんぱん》は、ぬらぬらと血にまみれ、激しく揺れていた。荒れる海から襲いかかる波は、一撃で人を倒しかねないほどだった。ローレンスは、敵の抵抗の尋常ならざる激しさに気づく余裕すらなく戦っていた。剣を切り結ぶ音が響き、硝煙《しょうえん》が立ちこめる。戦闘の昂《たか》ぶりと熱気とで意識が朦朧《もうろう》とする。しかしそんななかでも、敵のフランス人艦長が部下たちを叱咤《しった》激励しつつ、ひどく苦しげに顔をゆがませているのが妙に記憶に残った。

　その苦悶の表情は、戦いが終わってもまだ、彼の顔に貼りついていた。フランス人艦長はやむなしというようすで剣を差し出したものの、最後の最後まで、刃を持つ指から力を抜こうとしなかった。ローレンスは、頭上を仰いで、フランス国旗がおろされていることを確認したのち、黙礼とともに剣を受け取った。フランス語が話せないので、敵に降伏を認めさせる正式な手続きは、フランス語に堪能《たんのう》な第三海尉があらわれてからになる。その若い海尉は目下《もっか》、下甲板で銃器の没収に追われている。戦いの終結を知らされたとき、まだ生きているフランス軍兵士たちは、その場にへなへなとくずおれた。三十六門フリゲート艦にしては乗組員が少なく、そのうえ、みな病を患っているかのように頬《ほお》がこけていた。

敵の兵士の多くが息絶え、あるいは深手を負って、甲板に横たわっていた。ローレンスは無駄に命が失われたことへのやりきれなさに首を振り、憤《いきどお》りに駆られてフランス人艦長を見た。この男は、わが艦に応戦すべきではなかった……。万全の状態ならば、フランス艦アミティエ号のほうが、ローレンス率いるリライアント号よりも、装備する火器と兵士の数でわずかに勝《まさ》っているかもしれない。しかし、アミティエ号の兵士たちは、明らかに、病気か飢えかで衰弱していた。おまけに、この艦の帆の惨状ときたら……。これは戦闘のせいではなく、今朝通りすぎた嵐のせいだ。

リライアント号が拿捕《だほ》しようと近づき、英国軍兵士が乗り移る前から、このフランス艦の片舷の大砲は使いものにならなくなっていた。フランス人艦長は、敗北にひどくうろたえているが、もはや血気にはやってわれを失うような若者ではないのだから、部下たちを無謀な戦いに駆り立てる前に、年相応の分別を示すべきだったのだ。

「ミスタ・ライリー」ローレンスは、リライアント号の第二海尉に呼びかけた。「負傷者を下に運ぶ手配を」と命じながら、敵の艦長の剣を自分の腰に吊した。この男に剣を返して敬意を示す必要はないだろう。「それから、ミスタ・ウェルズをここへ呼んでくれ」

「承知しました」ライリーが答え、差配をはじめた。ローレンスは甲板の手すりに近づき、舷側《げんそく》を見おろした。喫水線《きっすいせん》より下は撃つなと命じておいたので、沈没を招くような損傷はない。この分なら、艦は自力で港までたどり着けるだろう。

後ろで束ねていた髪がほどけ、舷側を見おろすじゃまをした。少し苛立って頭を戻し、髪を掻きあげる。日に焼けたひたいと髪に、血糊《ちのり》が付いていた。それが広い肩、鋭い眼光と相まって、戦利品を眺めるローレンスの姿に、ふだんの思慮深げな風情とはまったく異なる、猛々《たけだけ》しさを与えている。

通訳のために呼ばれたウェルズが、甲板にあがってきた。「艦長、申しあげます」彼はローレンスの横に来て、いきなり切り出した。「恐縮ながら、ギブズ副長が、船倉に妙なものがあるので艦長にお伝えせよと」

「妙なもの？　では、わたしがそちらに行こう」ローレンスは言った。「そうだ、こちらのご仁《じん》に伝えてくれ。敗北の証《あかし》として恭順宣誓をするように。そうしなければ、縛りあげるしかない、と」

フランス人艦長はすぐには返答せず、みじめな顔つきで部下たちを見まわした。縛られるよりは、水兵部屋に押しこまれるほうがましだろうし、ここまできて艦の奪還《だっかん》は不可能だ。それでもフランス人艦長は迷い、ためらったのち、ついにしゃがれた声で言った。「降伏する《ジュ・ム・ラン》」目つきがいっそういじましくなった。

ローレンスはうなずき、ウェルズに言った。「彼には、これまでどおり艦長用キャビンを使わせてやれ」それから、船倉におりるために身をひるがえした。「トム、いっしょに来てくれないか」

トム・ライリーを従えて船倉におりると、リライアント号副長のギブズが待っていた。ギブズのまん丸な顔がしたたる汗と高揚感とで輝いている。港に着けば、この男には戦闘の報奨が待っているのだ。おそらくは一隻の艦を与えられ、艦長に昇進するだろう。ローレンスは、まずまず、それを喜んだ。そう、ギブズもそれなりに務《つと》めを果たしたのだから。だが、ギブズは海軍省から押しつけられた副長であり、ローレンスは心から彼に親しんでいるわけではなかった。ほんとうは、トム・ライリーを副長にしたかった。もしギブズが海軍省の差し金で副長の地位に割りこんでこなければ、いまごろはトムが昇進のチャンスを得ていたことだろう。だが、しかたない。これが宮仕えというものだ。ギブズの棚ぼた式の幸運を否定するつもりはない。しかし、もしトムに指揮艦が与えられるなら、ローレンスは、ギブスの昇進に対する比ではなく、心から祝福できたはずだった。

「ご苦労。で、いったいなにがあった?」と、ローレンスは尋ねた。そこにいる者たちは、奪った備品の点検作業などそっちのけで、船倉の艦尾側の壁をさぐっていた。こんなところに隔壁があることじたいがなんとも奇妙だ。

「艦長、なかをごらんください」ギブズが言った。「さあ、全員、そこから離れろ」ギブズが命令すると、群がっていた者たちが後退し、隔壁の向こうに通じる扉があらわれた。周囲の肋材《ろくざい》と比べて、隔壁に使われた板の色が浅い。この仕切りは最近つくられたものなのだろう。

ローレンスは身をかがめて、低い扉をくぐった。四方の壁を鉄板で補強した、風変わりな小部屋があらわれた。これだけの鉄の重みは、艦にとってかなり不利な条件だ。なのに、なぜわざわざこんなことをしたのだろう? 床にはクッションのように古い帆布《はんぷ》が敷きつめられていた。片隅に石炭ストーブが置かれているが、いまは火の気がない。この部屋に貯蔵されているものは、ただ一個の大きな木箱だ。人の腰ほどの高さがあり、縦横の寸法も高さとほぼ同じで、極太ロープで壁と床の金具に固定されていた。

ローレンスは箱の中身を確かめてみたいという衝動としばらく戦い、ついに降参した。「ミスタ・ギブズ、なかを見てみよう」ローレンスが箱から一歩退《しりぞ》くと、部下たちが箱に歩み寄った。釘でしっかりと打ちつけられた蓋《ふた》がはずされ、詰め物が少しだけ除かれた。みなが一斉《いっせい》に、箱のなかをのぞきこんだ。

誰もひと言も発しなかった。ローレンスは、くず藁《わら》のなかから盛りあがる、つやつやした曲面をじっと見た。これは卵だ。信じられない。こんなものをここで見つけることになろうとは……。「ミスタ・ポリットを呼んでくれ」声が緊張でこわばった。「ミスタ・ライリー、固定しているロープは万全だろうか。確かめてくれ」

箱の中身を茫然《ぼうぜん》と眺めていたライリーがはっとした。「承知しました」と答え、彼は身をかがめて、箱を固定したロープを調べはじめた。

ローレンスは箱のわきに立ち、上から卵を見おろした。これまで一度も見たことがないから、ぜったい確実とは言えないが、まず間違いない。驚きの衝撃が過ぎると、ためらいつつも手を伸ばし、卵の表面に指でそっと触れてみた。つるりとして硬い感じだが、傷つけるのを恐れて、すぐに指を引っこめた。

ポリットが、梯子《はしご》にしがみつくような不器用ないつものやり方で、血の手形を梯子に残しながら、船倉におりてきた。彼は船乗りというタイプではない。陸《おか》の暮らしに疲れたとかで、三十歳で海軍軍医になった。手術の腕が冴えわたっているかどうかはともかく、穏《おだ》やかな性格で、乗組員たちから慕《した》われている。「お呼びですか?」と言うのとほぼ同時に、指さされた箱のなかをのぞきこんだ。「おやおや、これは……」

「ドラゴンの卵では?」ローレンスは尋ねた。声の昂ぶりを抑えるのに苦労した。

「いかにもそうです、艦長。この大きさからして」ポリットが両手を前掛けでぬぐい、くず藁を取り除くと、卵の大きさがさらにはっきりした。「おや、もう硬化がはじまっていますね。フランスの連中はなにを考えていたんでしょう。こんな海のどまんなかで……」

問題があると言わんばかりの発言に、ローレンスは質問を返した。「硬化とは? それはどういうことだ?」

「もうすぐ卵が孵《かえ》るんですよ。本を見て確認しなければなりませんが、これは権威ある『バドキー動物図録』に記された状態にまず間違いありません。卵殻《らんかく》が完全に硬化すると、一週間とたたないうちに孵化《ふか》がはじまります。これは、すばらしい記録になる。巻き尺を持ってきて、計測しましょう」

ポリットがあわただしく部屋を出ていくと、ローレンスはギブズとライリーに目配《めくば》せし、ふたりをそばへ引き寄せた。「風に恵まれても、マデイラ島〔ポルトガルの西南、アフリカ大陸に近い大西洋に浮かぶ島〕まで少なくとも三週間はかかるだろう」

「ええ、それぐらいはどうしてもかかるかと」ギブズがうなずいた。

「こんなものをかかえて、なぜ連中はここまで来たんでしょう。さっぱりわかりませんね」ライリーが言う。「どうなさいますか、艦長?」

この困難きわまる事態に、さっきまでの満足感がしぼみ、失望が広がっていく。ローレンスは途方に暮れて、卵を見つめた。カンテラのほのかな明かりに照らされ、卵は大理石のようにやわらかな光沢《こうたく》を放っていた。「さあ、どうしたものかな、トム。とりあえず、この剣をフランス人艦長に返すとしよう。彼があれほど必死に応戦したのは、この卵を守ろうとしたからにちがいないからな」

もちろん、どうしたものか、ローレンスにはわかっていた。考えられる結論はひとつ。しかし、それについて考えるのは気が滅入った。木箱がアミティエ号からリライアント号に移される作業を見守るときも、憂鬱《ゆううつ》な気分は去らなかった。フランス側の士官たちを除けば、厳しい顔つきになっているのはローレンスひとりきりだ。アミティエ号の艦尾甲板にだけ出ることが許されているフランス軍士官たちは、手すりに寄りかかり、陰鬱《いんうつ》な表情で船荷の移動作業を見つめていた。一方、英国軍水兵たちは顔をほころばせている。誰もがこの作業に手を出したくてたまらず、手持ちぶさたの者が、作業に汗を流す者におせっかいな忠告や助言を浴びせかけていた。

卵の箱がようやく無事に、リライアント号の甲板におろされた。ローレンスは、アミティエ号に残るギブズに言った。「捕虜《ほりょ》たちのことは頼んだぞ。あの卵を取り返そうと、彼らがやけっぱちな行動に出ないように注意してくれ。そんなきっかけを与えないためにも、できるかぎり友好的に接することだ。もしはぐれてしまったら、マデイラ島で落ち合おう。心からおめでとうを言わせてもらうよ、新艦長」そう言って、ギブズに握手の手を差しのべた。

「ありがとうございます。ありがたいお言葉に、心より感じ入り、感謝申しあげ――」しかし、つぎの言葉が見つからず、挨拶《あいさつ》は尻すぼみになった。ギブズは締めくくるのをあきらめ、ただ満面の笑みをローレンスに、そして自分に幸いをもたらしたこの世界に送った。

二隻の艦は卵の移し替えのために横並びになっていたので、ローレンスはボートを使わず、大きなうねりの上をひとまたぎしてリライアント号に戻った。ライリーをはじめとする部下たちが、すでに甲板で艦長を待っていた。帆を張るように命じると、ローレンスはすぐに自分のキャビンにこもり、ふたたび難題と向き合った。

だが夜を徹して考えても、この苦境から逃れる妙案は浮かばなかった。翌朝、ついに意を決して召集をかけ、リライアント号の海尉と海尉候補生たちを艦長のキャビンに集めた。一夜明けて活力を取り戻しているものの、珍しい大がかりな召集にみな神経を昂らせていた。艦長のキャビンといえど、これだけの人数がそろうと、さすがに窮屈《きゅうくつ》だ。不安げな顔をした者たちは、自分の落ち度を咎《とが》められるのではないかと恐れている。そうでない者たちは、いったい何事かと興味しんしんのようすだ。部下たちのなかでただひとり、ライリーだけが厳しい顔つきをしていた。もしかすると、これから艦長が切り出そうとすることを、彼だけは予見しているのかもしれない。

ローレンスは立ったまま、咳払いをした。できるだけ部屋を広く使うために、机と椅子を片づけさせておいた。ペンとインク壺《つぼ》と数枚の紙だけが、艦尾窓の窓台に残してある。「諸君《ジェントルメン》」と呼びかけ、話しはじめた。「すでに聞いているとは思うが、われわれはドラゴンの卵を手に入れた。いま、その卵は戦利品としてこの艦にある。ミスタ・ポリットが詳細に調べ、ドラゴンの卵であると断定した」

部下たちの顔がほころんだ。こっそりと肘《ひじ》で小突き合う者たちもいた。まだ幼さの残る海尉候補生のバターシーが、甲高い声を震わせて言った。「おめでとうございます、艦長！」それをきっかけに、あちこちから祝福の言葉がつづいた。

ローレンスは眉をひそめた。彼らの高揚感はよくわかる。事態がいまとはわずかにちがっていたなら、ローレンスも彼らと喜びを分かち合えていただろう。あの卵は、同じ重さの金塊一千倍の価値を持つ。陸まで運ぶことさえできれば、この艦の全員に賞金が渡り、ローレンス自身も艦長として大きな分け前を得ていたことだろう。

アミティエ号の航海日誌は海に投げ捨てられてしまったが、このフランス艦の水兵たちは士官たちよりはるかに融通《ゆうずう》がきいた。フランス語に堪能なウェルズが、水兵たちの不平を聞きながら、アミティエ号の航行が大幅に遅れた理由を突きとめた。それによると、まず乗組員に熱病が広がった。と同時に、赤道無風帯に入って一か月近く船の動きが止まり、貯水槽の水漏れから飲料水が枯渇《こかつ》した。そして最後に、あの大嵐がやってきたというわけだ。つまりアミティエ号には信じがたい不運がつづいたことになる。迷信深い水兵なら、この不運の連鎖は、いまはリライアント号に積まれている竜の卵の呪いだと言いはじめるにちがいない。

ローレンスは、アミティエ号が見舞われた不運については、なるべく伏せておこうと考えた。知らないほうがいいこともある。みなが口を閉ざしたところで、ローレンスは率直に切り出した。「だが残念ながら、この戦利品はある難題をかかえている。アミティエ号は遅くとも一か月前には港にたどり着いているはずだった。航行の遅れが、卵を取り巻く状況を切迫させた」ほとんどの聞き手が、事態を理解できずに困惑した。彼らの顔に広がる不安の色を見て、ローレンスはひと思いに事実を述べた。

「つまり、孵化が近づいている」

落胆のつぶやきが聞こえた。低いうめきを洩《も》らす者さえいた。いつもなら不満を洩らした者を覚えておいて叱責《しっせき》するところだが、今回は見逃すことにした。話を進めれば、さらなるうめきが洩れるとわかっていたからだ。彼らはまだ、この事態の深刻さを理解していない。孵化によって卵の戦利品としての価値がさがることを落胆しているだけだ。当然ながら、孵化前の卵と、孵化後に野生化してしまった幼竜とでは、その価値は月とすっぽんなのだ。

「きみたちはまだ気づいていないかもしれないが」ローレンスは、まなざしで静粛《せいしゅく》を促《うなが》した。「わが英国軍は苦戦を強いられている。問題は航空隊にある。もちろん、わが英国航空隊の調教技術は卓越しているし、飛行技術に関しては他国の追随を許さない。しかし、フランスは、わが英国よりドラゴンの繁殖技術に長《た》けている。優良な血統をより多く保持していることも否《いな》めない。人間の手でハーネスを装着されたドラゴンは、低く見積もっても銃百挺《ちょう》の価値がある。ごく一般的な種であるイエロー・リーパー、三トン級のウィンチェスターですらだ。しかしミスタ・ポリットによれば、今回孵化するドラゴンは、卵の色と大きさから見て、極上の、しかも稀少価値を持つ大型種である可能性がきわめて高い」

「はぁーっ!」海尉候補生のカーヴァーが、ローレンスの言わんとすることを理解して驚愕《きょうがく》の声をあげたが、みなの視線を集めて真っ赤になり、口を閉ざした。

ローレンスは気にしなかった。おそらくカーヴァーは、ライリーが命じるまでもなく、自分への罰として一週間酒を断つだろう。それに、驚きの声があがったことで、ほかの者たちにも心の準備ができたはずだ。「生まれた竜の子にハーネスを装着することが、少なくともそれを試みることが、われわれの責務となった」ローレンスはつづけた。「諸君、わたしは信じている。ここにいる全員に、祖国のために己《おの》れの本分を果たす覚悟があるということを。もちろん、わたしたちのなかの誰ひとり、航空隊に所属するような人生を想像していなかった。しかし、わが海軍の厳しい訓練を通して、諸君には過酷な軍務がいかなるものか、骨身に染みてわかっているはずだ」

「艦長」伯爵令息というとりわけ高貴な身分の青年士官、ファンショー海尉がおずおずと口をはさんだ。「あのう……全員とは……つまり、わたくしも含めて、全員ということでしょうか?」

その問いかけは、自分だけはその役割を引き受けたくないという手前勝手な考えから出たものにちがいなかった。ローレンスは怒りで頭に血がのぼった。「もちろん全員だ、ミスタ・ファンショー。怖じ気づいて、この挑戦に向き合えない人物がいるのなら、話は別だがね。むろん、そんな臆病者は、マデイラ島に到着してから軍法会議で弁明を強《し》いられるだろう」ローレンスは怒りに燃えるまなざしで部下たちを見まわした。抗議の声はあがらず、視線を合わせる者すらいなかった。

ローレンスが怒るのは、彼らの気持ちが手にとるようにわかるからこそだった。ローレンス自身も、避けられるものなら避けたいと願っていた。このなかの誰ひとり、飛行士に転身する人生など夢にも考えていなかったはずだ。いくら差し迫った事態とはいえ、部下たちにそれを強要することをローレンスは心から嫌悪した。結局、飛行士になることは、人並みの人生を放棄するのと同じだ。戦列艦を操《あやつ》るのとはわけがちがう。艦なら海軍に返して――もちろん、それを望むかどうかは別としてだが――陸の生活を選ぶこともできる。

しかしドラゴンは、国が平和になっても、どこかに格納することも、野に放つこともできない。二十トンにもなる成竜が好き勝手に行動しないように、つねに飛行士とその助手が見守っている必要がある。ドラゴンを力で支配することはできず、むしろ、ドラゴンのほうが〝竜の担い手《ハンドラー》〟を選ぶ。孵化したばかりでも、まったく人間を受け入れないドラゴンもいる。はじめての食べ物を口にしたあと、新たな担《にな》い手と絆《きずな》を結ぶことはぜったいにない。餌《えさ》とつがいと快適なねぐらを与えて野生のドラゴンを繁殖場で飼うことはできるが、外へ連れ出すことは不可能だ。そもそも、野生のドラゴンは人間と会話することもないのだ。

でももし、生まれたてのドラゴンが誰かと口をきき、ハーネスの装着を許したら、その人間とドラゴンは終生《しゅうせい》の絆を結ぶ。その結びつきゆえに、飛行士は人並みに土地に根づく人生を望めないし、家庭を営むことも、社交生活すらもむずかしい。飛行士は特殊な人々であり、ほとんど法の圏外にいる。なぜなら飛行士を処罰すれば、一頭のドラゴンという国家の大きな益が失われることになるからだ。戦《いくさ》がなければ、彼らは英国各地の人里離れた荒野に小さな領地を構え、気ままに暮らしている。そのような辺鄙《へんぴ》な土地でなければ、ドラゴンに最小限の自由すら与えられないからだ。航空隊の飛行士は、その勇気と献身を、世間の人々から称《たた》えられている。ただし、もともとが誉《ほま》れ高い家柄に生まれついた貴族階級の人間に、飛行士の地位のもたらす誉れなど、それほど訴えるところがないというのも、また事実である。

もちろん、飛行士たちもそれなりによい家柄の出身ではある。いわゆる〝有閑階級《ジェントルマン》〟の息子たちが、七歳のときから航空隊に修業に送り出され、長い訓練期間をへて、晴れて飛行士となる。したがって、訓練も受けていない航空隊士官以外の人間が竜の子にハーネスを装着したなら、それは航空隊にとって信じがたい侮辱《ぶじょく》と映ることだろう。だからこそ、そのような茨《いばら》の道を歩むことになる者を選び出すなら、全員を候補者としなければならなかった。ただしローレンスとしては、ファンショーがあんな独りよがりな発言をしなければ、カーヴァーを候補者からはずしていたはずだった。この若い海尉候補生は、飛行士としては致命的な高所恐怖症をかかえている。しかし、ファンショーのいじましい訴えが招いた気まずい雰囲気のなか、カーヴァーひとりを候補者からはずせば、依怙贔屓《えこひいき》と受け取られてしまうかもしれない。それだけは避けたかった。

まだ怒りがくすぶっているローレンスは、深呼吸をしてから、話を再開した。「ここにいる者で、この任務のために訓練された者はひとりもいない。となると、その役目を担《にな》う者を公平に決める手段は、くじ引きしかないだろう。ただし、所帯持ちは除外しよう。ミスタ・ポリット」そう言って、ダービーシャーに妻と四人の子がいる軍医のほうを見た。「きみには、みんなの名前が書かれたくじを引く役目をお願いする。さあ、諸君。この紙に自分の名前を書いて、袋に入れてくれ」ローレンスはそう言いながら一枚の紙を短冊《たんざく》に裂き、自分の名を書いて折りたたみ、小さな袋に入れた。

ライリーがすぐに前に進み出た。残る者たちも素直にあとにつづいた。ローレンスの冷ややかな視線のもと、ファンショーも顔を赤らめ、震える手で自分の名を書いた。一方、カーヴァーは、顔は蒼《あお》ざめていたものの、決然とその名を記した。そして最後に、バターシーが、いかにも彼らしくぞんざいに紙を裂いたので、彼の短冊だけほかより大きくなった。「ドラゴンに乗ることなんて誉れでもなんでもないさ」カーヴァーにそっとつぶやいたつもりだろうが、まる聞こえだったことに、バターシーは気づいていない。

ローレンスは、若さゆえの浅薄《せんぱく》さにうんざりし、首をかすかに振った。ただ、この任務には新しい環境への適応力の高い若者が就《つ》いたほうがいいと思っていた。それでも、青年たちの誰かが過酷な運命を背負うのを見るのは、そして、その誰かの家族の怒りを受けとめるのは、心がつぶれるような経験になるだろう。だが結局は、このなかの誰が選ばれようが、苦悩するのは同じだ。そう、自分が選ばれることも含めて。

ローレンスは、自分自身のことは考えまいと努めたが、くじ引きの瞬間が近づくほどに、自分が選ばれるかもしれないという恐怖を抑えきれなくなった。小さな紙切れ一枚で、これまで積みあげてきた経歴が葬り去られてしまう。人生が激変する。父の目に、それは不面目《ふめんぼく》なことと映るだろう。イーディス・ガルマンにとってはどうだろうか。彼女とはどうなるのだろう……。しかし、艦長である自分が、婚約しているわけでもない恋人との関係を持ち出して釈明をはじめたら、候補者はひとりもいなくなってしまうだろう。どんな理由であろうと、自分が選出候補から抜けることは許されない。これは、部下たちに押しつけて、自分だけが回避できるような問題ではないのだから。

ローレンスは袋をポリットに手渡すと、後ろ手を組んで落ちついているふうをよそおった。軍医は手にした袋を二回振り、視線を袋から逸《そ》らしたまま手を突っこみ、小さく折りたたんだ紙を取り出した。紙はローレンスのものより小さくたたんであり、名前が読みあげられる前に強烈な安堵《あんど》を覚えた自分を恥ずかしく思った。

が、安堵も束《つか》の間だった。ポリットが紙を開き、そこに記された名前を読んだ。

「ジョナサン・カーヴァー」

ファンショーが止めていた息をはっと吐き出す音がした。バターシーがため息をついた。ローレンスはうつむき、いま一度、心のなかでファンショーを罵《ののし》った。前途ある若者のカーヴァーが、航空隊でただの役立たずと見なされる可能性はきわめて高い。

それがやりきれない。

「これで決まった」ローレンスは、こうなったら前へ進むしかないと覚悟した。「ミスタ・カーヴァー、きみは卵の孵化まで通常の任務からはずれていい。孵化に臨むために心得ておくべきことを、ミスタ・ポリットから聞いておくように」

「承知しました」青年の声には動揺がにじんでいた。

「諸君、解散だ。ミスタ・ファンショー、きみは残ってくれ、話がある。ミスタ・ライリー、甲板の監督を頼む」

ライリーが自分の軍帽に軽く手を触れて挨拶《あいさつ》し、ほかの者も彼につづいてキャビンを出ていった。緊張で蒼ざめたファンショーだけが、後ろ手を組んで立っていた。ごくりと唾《つば》を呑みこむとき、喉ぼとけが大きく上下するのが見えた。ローレンスは机や椅子がふたたび運びこまれるまで、汗をかかせたままファンショーを立たせておいた。そのあと自分だけ椅子にすわり、艦尾窓を背にした栄誉の位置から彼をにらみつけて言った。

「さて、ミスタ・ファンショー。さっきのきみの発言の真意を教えてもらおうか」

「その……艦長、真意というほどのものはなにも……」ファンショーが言った。「ただ、飛行士についてはいろいろと聞いておりますから……」ローレンスの不穏《ふおん》な瞳のきらめきを見て、口ごもった。

「わたしは噂に振りまわされるのはごめんだな、ミスタ・ファンショー」ローレンスは冷ややかに言った。「わが海軍が海の盾であるように、飛行士たちは空の盾となり、祖国を守っている。きみは彼らの爪の先ほどの功績もまだあげてはいない。そのきみに、彼らのことをとやかく言う資格はない。これから一週間、ミスタ・カーヴァーの支えとなり、彼の仕事を代わってやれ。それから、許可がおりるまで、きみは飲酒禁止だ。補給係に伝えておくように。さがってよろしい」

それだけ言ってもローレンスの気持ちはおさまらず、ファンショーが去ったあとも、キャビンのなかを歩きまわった。仲間の前であんな聞き苦しい発言をする者を叱責するのは当然だった。ファンショーは、自分が伯爵家という名門の出身だから候補から逃れられるのではないかと期待した。むろん、この任務を引き受けるのは犠牲的行為だろう。くじに当たったカーヴァーの顔を思い出すと、ローレンスは胸が痛んだ。あのときの安堵が持続していることにも疚《やま》しさを感じた。あの若い青年を本人が望まない運命のほうへ押しやろうとしているのは、この自分なのだから……。

もっとも、なんの技術もないカーヴァーを、竜の子が鼻であしらい、ハーネスを拒否する可能性はあった。それを考えると、ローレンスの疼《うず》きは少しだけやわらいだ。たとえそうなっても、カーヴァーが非難されることはないだろう。ローレンスは、孵化したドラゴンを戦利品として心やすく軍に手渡してしまえばいい。たとえ繁殖用にしかならなくても、一頭のドラゴンは祖国に大きな益をもたらす。そもそも敵国フランスからそれを奪い取ったことが大きな勝利だ。個人的にはその結末に充分満足できた。しかし、軍人という立場を考えたとき、自分がそれとはまったく異なる結末を目指して、全力を尽くすであろうことが、ローレンスにはすでにわかっていた。

気ぜわしい一週間が過ぎた。カーヴァーの運命を想起させるものが、いやでも目についた。週の後半ともなると、武具師たちの手でハーネスがしだいに形をなし、カーヴァーの友人や彼の配下の砲手たちの表情が翳《かげ》りを帯びた。カーヴァーは人気者だし、彼の高所恐怖症は誰もが知るところだった。

ポリットだけが意気軒昂《いきけんこう》だった。彼はこの艦の乗組員たちの感情にはほとんど頓着《とんちゃく》せず、ひたすら来るべき孵化に好奇心を燃やしていた。膨大《ぼうだい》な時間を費やして卵を調べ、ついには士官室に置かれた木箱のかたわらで寝起きするようになり、そこで眠る士官たちを大いに苦しめた。彼が来る前から息苦しい部屋だったのに、さらにポリットのすさまじいいびきが加わったのだ。彼は士官たちの無言の抗議を意に介さなかった。が、ある夜一睡もせずに卵を見守ったあと、夜明けとともに、ついに卵のひび割れがはじまったと高らかに宣言した。これによってカーヴァーに降りかかる苦難にはなんの同情もないようだった。

ローレンスはただちに、卵を箱から取り出して甲板に運ぶように命令した。この日のために、藁を詰めた古い帆布製のクッションが用意されていた。ふたつの収納箱をロープでくくり合わせた台座にクッションが置かれ、その上に卵がそっとおろされた。武具師のラブソンが、ハーネスを持ってあらわれた。生まれてくるドラゴンの大きさがどれくらいかよくわからないままに、革帯と大量の留め具とで急場しのぎにつくられたものだ。ラブソンがそれを手に卵から少し離れて立ち、カーヴァーが卵のまん前に陣取った。ローレンスが卵からもっと離れるように命令すると、水兵たちはマストや便所の屋根にのぼって、見物を決めこんだ。

空は晴れ渡っていた。日差しの温《ぬく》もりと明るさが、長くこもっていた竜の子に早く出てこいと誘いかけたのかもしれない。甲板に置かれると、卵のひび割れがさらに広がった。周囲のざわめきが大きくなっても、ローレンスは無視しつづけた。ついに、爪を持つ翼端が卵から突き出した。周囲からうめきがあがる。別の箇所のひび割れからも、殻《から》をカリカリと引っ掻《か》いて、かぎ爪があらわれた。

そしてとうとう、そのときがきた。もうこれ以上我慢なんかできないというように、卵のまんなかにまっすぐな割れ目が走り、いきなりまっぷたつに割れて、甲板に落ちた。竜の子が、砕けた殻のまんなかに姿をあらわし、ぶるっと体を震わせた。体表にまとわりつくどろりとした液体が、日差しにきらめいた。鼻先からしっぽまで漆黒《しっこく》の体。六本の骨が形づくる大きな翼が、貴婦人の扇《おうぎ》のように開き、見ている者たちから感嘆のため息を引き出した。翼のふちにだけ、グレーと輝くブルーの楕円《だえん》の斑紋《はんもん》が散っている。

ローレンスは、はからずも、竜の子の誕生に心を射抜かれた。かつて艦隊戦の折り、航空隊所属の成長したドラゴンたちが、支援部隊として攻撃に加わるのを見たことがあった。しかし、竜の子が卵から孵るのを見るのははじめてだった。種を特定する知識はないが、きわめて稀少な種であるのは確かだろう。黒い竜は、敵にも味方にも、見たことがなかった。生まれたばかりにしては、かなり大きく思われる。それはつまり、いっそう事を急がなければならないということだ。「ミスタ・カーヴァー、きみの出番だ」ローレンスは言った。

顔面蒼白《がんめんそうはく》になったカーヴァーが、手をぶるぶる震わせながら、竜の子に近づいた。「いい子だね」その言葉が不安な問いかけのようにも聞こえた。「さあ、ドラゴン、いい子だから……」

竜の子は彼にはまったく関心を示さず、熱心に自分の体を調べ、張りついた殻のかけらを剝《は》がしとっていた。そのしぐさは、いくぶん気むずかしげにも見えた。体の大きさはせいぜい大型犬程度だが、四肢《しし》のかぎ爪は一インチほどもあり、実にりっぱなものだ。カーヴァーが不安そうにかぎ爪を見つめ、わずかに距離をおいて立ち止まり、そのまま固まってしまった。ドラゴンは彼を無視しつづけた。ようやくカーヴァーが振り返り、並んで立つポリットとローレンスに訴えかけるようなまなざしを向けた。

「ドラゴンにもう一度話しかけてみてはどうかな……」ポリットが疑わしげに言った。

「試してくれ、ミスタ・カーヴァー」ローレンスは言った。

カーヴァーがうなずき、ふたたび首をめぐらそうとしたとき、竜の子が彼を出し抜くように、いきなりクッションからおりて彼の横をすり抜け、甲板に飛び出した。カーヴァーは片手を突き出したまま、驚きに目を剝《む》いて振り返った。孵化の騒ぎに乗じて近づいてきた士官たちが、もう一度後ずさる。

「動くな、全員、いまの位置に」ローレンスはすかさず言った。「ミスタ・ライリー、下へ行かないように見張ってくれ」ライリーがうなずき、竜の子が下へおりないように、昇降口に待機した。

しかし竜の子はそちらへは行かず、甲板を探索しはじめた。歩きながら、先の割れた細長い舌をちろちろと出し、触れられるすべてのものにそっと触れ、明らかな知性と好奇心をもって周囲を観察した。それでいて、関心を引こうとやっきになるカーヴァーのことは無視しつづけた。カーヴァーばかりか、ほかの士官たちにも興味がなさそうだ。ときどき後ろ足立ちになり、間近になった誰かの顔をじっと見つめるものの、そのようすは艦の滑車《かっしゃ》や吊された砂時計を調べるときとなんら変わりなかった。なにを見ても、竜の子は、これはなんだとばかりに眼をぱちくりさせた。

ローレンスはがっかりした。竜の子が訓練を受けていない海軍士官たちに関心を示さなかったとしても、艦長の責任が問われることはないだろう。しかし、稀少種のドラゴンの子を卵で入手しながら、野生化させてしまうのは、いかにも残念だった。今回は、竜に関する一般常識や、ポリットの書物から仕入れた断片的な知識や、ポリットト自身がかつて一度だけ孵化に立ち合ったときのおぼろげな記憶をたよりに、準備を進めてきた。もしかすると、なにか根本的な間違いを犯してしまったのではないだろうか。竜の子が卵から孵るなり、すぐに人に話しかけると聞いたときは、なんとも妙な感じがしたものだ。竜の子が話すように仕向ける特別な技法については、どの書物にも書かれていなかった。だが、なにか大切なものを見逃していたのだとしたら、責められるべきは自分だろう。

しばらくすると、緊張のゆるんだ士官や水兵たちが、声を潜《ひそ》めて話しはじめた。もう、あきらめる頃合いにちがいない、とローレンスは思った。あきらめてあのけだものを捕らえよう。最初の食事を与えても飛び去ってしまわないように、檻《おり》に閉じこめてしまおう。そのとき、まだ探索をつづけている竜の子が、前を通り過ぎようとした。その子はすとんと尻を落とし、不思議そうにローレンスを見あげた。ローレンスは悲しみと落胆を隠すこともなく、ドラゴンを見おろした。

ドラゴンがまばたきした。その眼が深いブルーで瞳孔が縦長であることに、ローレンスは気づいた。ドラゴンが言った。「なぜ、悲しい顔をする?」

あたりに沈黙がおりた。ローレンスは、驚きで口がぽかんと開きそうになるのをこらえた。この瞬間まで刑の執行を猶予《ゆうよ》されたと感じていたにちがいないカーヴァーが、ドラゴンの後ろで口をあんぐりとあけていた。彼はすがるような目でローレンスの視線をとらえた。が、勇気を奮い起こし、前に踏み出そうとした。もう一度ドラゴンに話しかけようというのだろう。

ローレンスは、ドラゴンと顔面蒼白の怯《おび》えた青年を交互に見つめた。それから深くひと呼吸したのち、竜の子に話しかけた。「失礼、悪気はなかった。わたしはウィル・ローレンス。きみの名前は?」

どんな軍律をもってしても、甲板に広がる驚愕《きょうがく》のどよめきを抑えることはできなかっただろう。だが竜の子は人声を気にするようすもなく、ローレンスの投げかけた質問にとまどっていた。そしてとうとう、不満そうに言った。「名前はまだない」

ポリットの蔵書を熟読したローレンスには、ここでどう応《こた》えるべきかわかっていた。かしこまって尋ねた。「わたしが名前を授《さず》けてもよろしいですか?」

その子――声の力強さからして、たぶん男の子――はローレンスをしげしげと見あげ、とくに異変もなさそうな背中の一点を掻きつづける動きを止めた。そして、よそおっているると見えなくもない無頓着さで言った。「うん、かまわないよ」

ローレンスは、頭のなかが真っ白になった。

ハーネスを装着するまでの過程について、具体的なことはなにも考えていなかった。目の前で起きていることを理解するだけでせいいっぱいで、ドラゴンにふさわしい名前など、すぐに思いつけるはずもなかった。だが、パニックの突風が吹き過ぎたとき、ふいに頭のなかでドラゴンと軍艦が結びつき、「テメレア」という名が口から洩れた。何年か前、その名を持つ堂々たる戦列艦の出航に立ち合った。テメレア号が帆走するときの優美な姿が、このドラゴンとどこか重なったのかもしれない。

だがそれ以上はなにも思いつけない自分を心のなかで罵った。しかし、もう口に出してしまったし、少なくとも、これは誉れ高き名前だ。海軍所属だからこそ、なにか海にちなんだ——そこまで考えたところで、ローレンスははっとして、ふくれあがる不安とともに竜の子を見やった。いや、もう自分は海軍所属ではない。ドラゴンがいっしょで海軍にいられるわけがない。そう、この手で竜の子にハーネスを付けたときから、破滅への道をまっしぐらだ。

ドラゴンは、ローレンスの内なる葛藤《かっとう》には気づくはずもなく、無邪気に言った。「テメレア？　いいね。ぼくの名前は、テメレア」それを確かめるようにうなずいた。長い首の上で頭を上下させる奇妙なしぐさだった。「おなかすいた」

孵化したばかりのドラゴンは、拘束しておかなければ、餌を与えた直後に飛び立ってしまう。竜の子がみずから拘束されることを受け入れたときだけ、人は竜を操って、ともに戦えるようになる。武具師のラブソンが、ハーネスを持ったまま茫然《ぼうぜん》と立っていた。しかたなく、ローレンスは武具師を手招きした。手のひらが汗で湿り、受け取った金属と革の拘束具を落としてしまいそうになった。しっかりと握り直し、口を開こうとした瞬間、新しい名前を使わなければ、と気づいた。「テメレア、おとなしくこれをわたしに付けさせてくれるかい？　そうして、きみをこの甲板につないだら、なにか食べるものを持ってこよう」

テメレアはローレンスが差し出したハーネスをじっと見つめ、革の味を確かめるように薄っぺらい舌でぺろりと舐《な》めた。「うん、かまわないよ」そして、みずから協力するように、後ろ足立ちになった。ローレンスは、とにかく目の前の作業だけに集中しようと心に決めた。ひざまずき、革帯と留め具のもつれをほどき、翼をうまくかわして、なめらかで温かいドラゴンの体に革帯をぐるりと回した。

いちばん幅広の革帯を前足のすぐ後ろの胴まわりにめぐらせ、腹側で留め具を閉じた。この革帯には、二本の太い革ひもが斜《なな》めに縫い合わせてあった。その二本の革ひもはドラゴンの脇腹を通って厚い胸の前で交差し、ふたたび後方に向かい、後ろ足を越えてしっぽの下でもう一度出会う。この太い革ひもに、ハーネスのずれを防ぐために、両足と首としっぽの周囲をめぐる細い革の環《わ》が付いている。そのほかにも、数本の細いひもが背中で交差していた。

ここまで複雑なハーネスの扱いには、細心の注意が必要だった。ローレンスは、なにも考えず作業に没頭できることをありがたく思った。作業の途中、竜のうろこが驚くほどやわらかいことに気づき、金属のふちで傷つけてしまうのを恐れ、肩越しに武具師を呼んだ。「ミスタ・ラブソン。上質の帆布を持ってきてくれないか。留め具を包んだほうがよさそうだ」

ほどなく、作業が完了した。つややかな漆黒の体に、革ひもと白い布でくるまれた留め具の組み合わせは、けっして見栄《みば》えのいいものではない。サイズもぴったりとは言えない。それでもテメレアは不平を言わず、ハーネスに付けた鎖で柱につないでも、おとなしくしていた。ローレンスが命じて屠《ほふ》らせた、まだ生温かい山羊《やぎ》の赤い肉が桶《おけ》いっぱいに盛られて出てくると、早く食べたそうに長い首を伸ばした。

テメレアは、きれいな食べ方はしなかった。肉の塊《かたまり》を噛みちぎっては丸呑みし、血と肉片を盛大に甲板に飛び散らせた。とくに内臓は気に入ったようだ。ローレンスは竜から距離をおいて立ち、驚嘆とかすかな胸のむかつきとともに、この残酷な食事の光景を見守った。が、ライリーがおずおずと発した言葉で現実に呼び戻された。「周囲の者をさがらせたほうがよろしいですか？」

ローレンスは振り返って、ライリーのほうを見た。それから、茫然とこの状況を見つめている士官たちを見た。先刻から彼らはひと言も発せず、身動きすらしていなかった。孵化から三十分とたっていない気がするのに、砂時計が空《から》になっている。なんと一時間も経過したのだ。目の前のドラゴンにハーネスが装着されていることは、なおいっそう信じがたかった。しかし、信じようが信じまいが、これが向き合わなければならない現実だ。

このような事態について定めた軍規はないが、ローレンスは、港に着くまでは、艦長の地位に就いていられるはずだった。しかしそうすれば、マデイラ島に着いたとき、軍がこのリライアント号の新艦長を任命するだろう。つまり、ライリーは昇進のチャンスを逃すことになる。そのうえ、ローレンスが彼を重用《ちょうよう》できる地位に就くことは、もう二度とない。

「ミスタ・ライリー、まったく厄介《やっかい》なことになった」ローレンスは、意気地《いくじ》のない先延ばしで、ライリーの昇進のチャンスをつぶしてはならない、と覚悟して言った。

「だがわたしは、この艦のために、即刻、きみを艦長に据《す》えなければならないと考えている。わたしは、このテメレアに最大限の注意を払う必要があるし、こんな状態で艦長を兼任することは不可能だ」

「艦長！」ライリーが悲痛な声をあげた。しかし、反論はしなかった。ライリーの頭のなかにも、同じ考えがあったのかもしれない。それでも、彼の悲しみはほんものだった。ライリーは長いあいだ、ローレンスと航海をつづけてきた。彼はただの海尉候補生から、ローレンスのもとで副長に次ぐ第二海尉にたどり着いた。ローレンスにとって、彼は同志であり、友人でもあった。

「泣きごとを言うのはよそうぜ、トム」ローレンスは声を落とし、友としてライリーに語りかけた。そして、まだ夢中で肉を食らっているテメレアのほうをちらりと見た。

ドラゴンの知性は、ドラゴンを研究する学者たちにとっても謎の多い部分だ。ローレンスにはテメレアがどの程度聞いているのか、理解しているのかわからなかったが、テメレアの感情を害するようなことは避けるべきだと考えた。ローレンスは声の調子をわずかにあげて、付け加えた。「きみなら、この艦をみごとに統率できると信じている」

ローレンスは、深く息を吸いこんでから、両肩にピンで留めた金モールの肩章をはずした。はじめて艦長になったころは裕福ではなかったので、一個の肩章を一着の上着から別の上着へピンで付け替えて使いまわしていたものだ。階級章を海軍省の承認なくライリーに譲るのは適切ではないかもしれないが、指揮権の委譲《いじょう》をどうしても目に見えるかたちで示しておきたかった。左の肩章を自分のポケットにしまい、右の肩章をライリーの肩に留め付けた。たとえ艦長になっても、三年間はひとつの肩章しか付けられない。ライリーのそばかすの散った白い肌は、どんな感情も隠せなかった。この複雑な状況にもかかわらず、彼が予期せぬ昇進に幸福を感じないはずはなく、頬が紅潮した。彼はなにか話したいのに、言葉が見つからないというようすを見せた。

「ミスタ・ウェルズ」ローレンスはそれとなく、第三海尉のウェルズに行動を促した。

なんであろうが、最初をきちんとやっておく必要がある。

ウェルズが前に進み出て、いくぶん控えめに声をあげた。「万歳、ライリー艦長」あちこちから唱和する声があがった。最初こそかすれていたが、三度繰り返すうちに声に張りが生まれ、力強くなった。みなが心から祝福するのは、ライリーがきわめて有能な士官であり、乗組員たちから好かれているからこそだ。

歓声が静まると、ライリーがためらいを振り捨てるように叫んだ。「そして……万歳、テメレア！」この場を占めるのが喜びだけではないとしても、ふたたび力いっぱいの歓呼がつづき、ローレンスがライリーに握手を求めて、この場を締めくくった。

テメレアはすでに食事を終えて、手すりのそばに置かれた収納箱にのぼり、翼を扇のように広げて日に当てていた。しかし、自分の名前が叫ばれると、おもしろそうに周囲を眺めた。ローレンスは竜の子の隣に行った。指揮権の確立という新たな仕事に、ライリーを専念させたかった。それが艦を常態に戻す早道でもある。「なぜ、あんなに騒ぐの？」テメレアが尋ねた。が、返事を待たずに、鎖をガチャガチャ鳴らした。

「これをはずしてくれない？　飛んでみたいんだ」

ローレンスは迷った。ポリットの書物には、ハーネスの装着に関することは書かれていたが、その後のことについては、なにも触れられていなかった。ドラゴンはとくに主張もせずに、その場にとどまるのだと、根拠もなく思いこんでいた。「できれば、それはもう少しあとにしてくれないかな」ローレンスは煮え切らない態度で言った。「ここは陸から遠く離れている。きみはいったん飛び立ったら、戻ってこられなくなるかもしれないよ」

「ふふん」テメレアは、手すりから長い首を伸ばした。リライアント号は良好な西風に乗っておよそ八ノットで航行しながら、白い泡の長い航跡をふた筋残していた。

「ここはどこ？」

「いまは海にいる」ローレンスは箱の上に腰をおろし、テメレアと並んだ。「大西洋だよ。陸地に着くまで二週間はかかるだろう。おーい、マスターソン」明らかに手持ちぶさたと思われる水兵を呼んだ。「バケツ一杯の水と、タオルを持ってきてくれないか」

それらが届けられると、ローレンスはタオルを手にして、つややかな黒い体表に飛び散った肉片をきれいに取り去ってやった。テメレアは気持ちよさそうに拭《ふ》かれるままになっていた。そのあと、感謝を示すように、かしげた頭をローレンスの手にこすりつけた。ローレンスは思わずほほえみ、温かな黒い体を撫《な》でた。テメレアはすっかり落ちつき、頭をローレンスの膝に置いたまま眠ってしまった。

ライリーが足音を忍ばせて近づいてきた。「どうぞ、いまのキャビンをそのまま使ってください。艦長室はあなたがいるべき場所です、彼といっしょに」テメレアのことを言っているのだとすぐにわかった。「彼を下に運ぶ手伝いを呼びましょうか」

「ありがとう、トム。でも、ここでも充分に快適だ。彼を起こさないほうがいいと思う」ローレンスはそう言ってから、ふと考えた。ライリーにとっては、前艦長を甲板にすわらせておくのが心苦しいにちがいない。それでも、眠っている竜の子を動かす気にはなれなかった。そこで言った。「誰かに本を持ってこさせてくれ。ミスタ・ポリットの本を一冊。読むものがあるとありがたい」気がまぎれるし、いかにも竜の番人のような風情にならずにすむ。

テメレアが目覚めたのは、水平線に日が沈むころだった。ローレンスは本を開いたまま居眠りをしていた。本にはドラゴンの習性がだらだらと書きつけてあり、まるで牛の歩みを見守るような退屈さだった。テメレアはローレンスの頬を鼻先で小突いて言った。「またおなかすいちゃった」

テメレアは、先刻の山羊の肉と骨と、あわてて絞めた鶏二羽をむさぼり食った。ローレンスは孵化の前からリライアント号の糧食《りょうしょく》の見積もりをはじめていたが、テメレアの食いっぷりを見ていると、検討し直す必要がありそうだった。この二回の食事で、竜の子は自分の体重と同じくらいの肉を腹におさめている。生まれたときより、いくぶん大きくなっているようにも見える。そして、この子はまだ満腹ではないらしい。

ローレンスは、ライリーと厨房《ちゅうぼう》のコックにこっそり相談した。必要なら、併走《へいそう》するアミティエ号から糧食の蓄《たくわ》えを引き出すという手もある。アミティエ号は不運つづきで乗組員が激減したため、マデイラ島に着くまでに必要な食糧を引いても、まだかなりの余剰《よじょう》があった。ただし、そのおおかたは塩漬け肉だ。リライアント号の品ぞろえはそれよりいくぶんましだが、この分でいくと、テメレアはこの艦の新鮮な食材を一週間もしないうちに食べ尽くしてしまうだろう。ローレンスには、ドラゴンが塩漬け肉を食べるのかどうか、また、ドラゴンに塩をとらせてよいものかどうかわからなかった。

「魚はどうでしょう」と、コックが言った。「うまそうな小ぶりのマグロがありますよ。

今朝獲《と》れたばかりです。そもそもは、これを夕食として……ええっと、その……」

コックはばつが悪そうに前艦長と新艦長の顔を交互に見た。

「それはぜひ試してみましょう——あなたさえよければ」ライリーがうろたえているコックを無視して、ローレンスに言った。

「ありがとう、艦長」ローレンスは言った。「まず、彼に訊いてみよう。魚でもかまわないかどうか」

テメレアは魚をいぶかしげに眺めてから、ほんのちょっぴりかじった。そしてつぎの瞬間には、十二ポンドのマグロを頭から尾っぽまでひと呑みにしていた。「なんだかバリバリしてる。だけど、いけるよ」口のまわりをぺろりと舐めて言った。

「そうか」ローレンスは、またタオルをつかんで言った。「これは朗報だな。艦長、できれば、何人かの水兵を釣り担当にしてもらえないだろうか。そうすれば、牡牛《おうし》のほうはまだ何日かとっておける」

ローレンスはテメレアをキャビンに連れていくことにした。下に向かう梯子が、竜の子にはちょっとした難所となり、結局、ハーネスに綱《つな》をくくりつけ、滑車でゆっくりと吊りおろした。テメレアはキャビンに入ると、机や椅子のまわりを興味しんしんで嗅《か》ぎまわり、艦尾窓から首を突き出してリライアント号の航跡を見つめた。ローレンスのハンモックの横に、二倍サイズのハンモックがしつらえられて、孵化のときに使われたクッションが載せられた。テメレアはそこにひょいと身をおさめた。ハンモックに入ったとたん、両眼が眠たげに細くなる。こうして、ローレンスはようやく任務から解放され、乗組員たちの視線も気にしなくてよくなった。椅子にどさりと腰をおろし、眠っているドラゴンを、破滅の使者を見やった。

ローレンスにはふたりの兄と三人の甥《おい》がいて、父親の爵位と資産の相続権はこの五人のほうが彼より優先された。また、彼自身の資産は公債に投資してあったので、とくに面倒な管理を必要としなかった。少なくとも、この点に関して、煩《わずら》わしいことはなにもない。また、これまで幾度となく戦《いくさ》で命を危険にさらし、強風のなかであろうが臆することなく檣楼《しょうろう》にのぼった。だから、ドラゴンに乗ることにも怯《おび》えてはいなかった。

しかしそれでも、彼は〝紳士《ジェントルマン》〟であり、つまるところ、〝有閑階級《ジェントルマン》〟の息子だった。十二歳で海軍に入隊して以来、引き立てに恵まれて、たいていは一等か二等級艦に乗りこんできた。裕福な艦長たちは、すばらしい食事で士官たちをもてなした。ローレンスは社交生活を心から楽しみ、会話やダンスや気の置けない仲間とのカードゲームで気晴らしをしたものだ。だが、もう二度とオペラを観《み》にいけない身となったのかと思うと、隣のハンモックを中身ごと窓から投げ捨ててしまいたい衝動がこみあげた。

頭のなかで、愚か者めと罵る父の声がしたが、それには耳を傾けないようにした。イーディスがこのことを知ったらなんと言うか、それも考えないようにした。彼女に手紙で知らせる気にもなれなかった。自分たちが恋仲であることは確かだとしても、正式に婚約しているわけではない。最初のころはローレンスに資産がないこと、近頃では長くイングランドから離れていることが、婚約まで至らない要因になっていた。

戦いに勝って拿捕《だほ》賞金をもらうことを繰り返し、最初の問題は克服できた。だから、もしこの四年間で、陸にとどまる休暇をわずかな期間でもやりくりできていたなら、ローレンスはまず間違いなくイーディスに求婚していただろう。こんなことになる前は、この服務期間を終えたら、短い休暇を願い出て、故郷で過ごそうかと考えていた。しかし、今後は賞金を期待できない以上、陸でのんびり過ごしているわけにもいかない。それに、ローレンスはけっして理想的な結婚相手とは言えなかった。そんな自分を、イーディスはほかの求婚者たちをはねつけてでも待っていてくれるだろうか。十三歳の少年と九歳の少女が半ば冗談のように交わした結婚の約束を、彼女は守ってくれるだろうか。その可能性はきわめて低いように思われた。

そのうえ、いまのローレンスは結婚相手としてますます不適格者になった。飛行士としてどこでどんなふうに暮らすのか、妻にどんな家を与えられるのか、皆目《かいもく》わからない。とにもかくにも、彼女の家族が結婚に反対するだろう。イーディスに、どんな夢も与えてやれない。海尉の妻は冷静沈着に夫が留守がちな家を守らなければならないが、それでも夫は家に帰ってくる。故郷をあとにして人里離れたわびしい土地に建つ、ドアの外にはドラゴンと荒くれ男たちしかいないような家でイーディスが暮らす必要はない。

ローレンスは、いつか暮らす家について夢想するのが好きだった。海で過ごす長く孤独な夜々に、未来の家を細かなところまで想像した。生まれ育った家より小さくて充分、でも美しくて上品な家。信頼できる妻がその家を預かり、子どもたちを育てる。陸にあがれば心地よいねぐらとなり、海にいるときには思い出すたびに心が温かくなる、そんな場所……。

その夢が壊れてしまうことに、ローレンスのあらゆる感情が抵抗した。しかしこの状況では、胸を張ってイーディスに結婚を申しこめないし、彼女がそれを喜んでくれるとも思えない。彼女ではなく、ほかの女性に求婚するというのも論外だ。分別も社会的身分もある女性が、好きこのんで飛行士を生涯の伴侶《はんりょ》に選ぶはずがない。彼女が財布を妻に預けて家をあけてばかりいる無頓着な夫を、イングランドにいても妻と離れて暮らす夫を求めているのでないかぎり……。むろん、ローレンスもそんな結婚生活にはなんの魅力も感じない。

ハンモックで揺れながら眠っているドラゴンは、夢を見ているのか、ときどきしっぽをぴくっと動かした。長く憧れてきた温かな家庭の代わりに、この竜の子とは、あまりにひどい話ではないか。ローレンスは立ちあがって艦尾窓に近づき、リライアント号の航跡を見つめた。ランタンに照らされて、艦のあとにつづく泡が、青白いオパールのような輝きを放っていた。泡の盛衰《せいすい》は見る者を心地よい麻痺《まひ》へと誘ってくれる。

世話係のジャイルズが、夕食のトレーを持って入ってきた。トレーに載った銀器と食器がカタカタと鳴った。ジャイルズはテメレアのハンモックに近づきたがらず、距離をあけようとした。食事をテーブルに置くときも、彼の手はまだ震えていた。配膳《はいぜん》がすむと、ローレンスはすぐにジャイルズをさがらせ、小さなため息をついた。実のところ、ジャイルズにはこれからもついてきてくれるかどうか訊いてみようと思っていた。飛行士にも従卒は必要だ。しかし、その従卒がドラゴンに怯えるようでは話にならない。親しんできた者を雇えたらどんなによかったろうか。

ローレンスはひとりぼっちで、質素な夕食を片づけた。塩漬け肉にワインソースをほんの少しかけたひと皿だった。魚はテメレアの腹におさまってしまった。だがどのみち、いまは食欲がない。そのあと手紙を書こうと努力したが、幾度となく心が薄暗い小道に迷い、そのたびにはっとして、書いている行に意識を集中させた。しかしとうとうあきらめ、ドアから首を突き出し、ジャイルズに今夜の夜食はいらないと告げて、自分のハンモックに身を沈めた。テメレアが体の向きを変え、よじれた毛布に体をすり寄せた。放っておけ——。冷酷な感情と闘ったのち、ついにテメレアのほうに手を伸ばし、その体を毛布ですっぽりとくるんでやった。夜気がいくぶん冷たい。ふいごのうなりのようなドラゴンの規則正しい寝息を聞いているうちに、ローレンスもいつしか眠りに落ちた。

2　はじめての飛翔

翌朝、目覚めると、テメレアがハンモックにからまっていた。おりようとして二度もハンモックをねじり、動けなくなったらしい。ハンモックをおろし、もつれをほどいてやると、テメレアはいきりたって飛び出してきた。ローレンスは、気の立った猫のような竜の子をやさしく撫でて落ちつかせた。するとまたしても、おなかがすいた、と言い出した。

幸いなことに、早朝ではなかったので、水兵たちがすでに魚を釣りあげていた。テメレアは、朝食のために用意された卵と、明日までとっておくはずだっためんどり数羽と、約四十ポンドのマグロをたいらげた。さすがに重くなって吊したハンモックにはのぼれず、床に置かれたハンモックの上にどさりと横たわった。

その週は毎日同じように過ぎた。竜の子は食べているとき以外は眠って過ごし、ぐんぐん成長した。成長しすぎて船室から出られなくなるのではないかとローレンスは心配した。すでに馬車馬よりも重く、頭からしっぽの先までの長さは大型ボートを超えていた。今後の成長も考慮し、貯蔵品を艦首側に移して喫水の釣り合いがとれるようにしたうえで、テメレアを艦尾甲板に移すことにした。

引っ越しはかろうじて間に合った。竜の子は翼をきちきちに折りたたんで、どうにかキャビンから出ることができた。ミスタ・ポリットの計測によれば、胴まわりが一夜で一フィートも大きくなっていた。それでも、テメレアが艦尾甲板に落ちついてしまえば、たいしてじゃまにはならなかった。というのも、竜の子は一日の大半を眠って過ごし、眠ってしまえばときどきしっぽを動かす程度で、水兵たちが作業のために体によじのぼっても、ほとんど身じろぎしなかったからだ。

夜になると、ローレンスは甲板のテメレアのそばで眠った。そこが自分の持ち場だという気がした。好天つづきなので、なんの不都合もなかった。ただし、食糧に関する不安は日々ふくらんでいった。たとえ釣りが順調でも、残された一頭の牡牛は明日までの命だろう。テメレアの旺盛な食欲からすると、たとえ塩漬け肉を受けつけたとしても、陸地に着く前に、船の食糧は尽きてしまうはずだ。乏《とぼ》しい食糧で竜の子をなだめすかすのはむずかしい。そのうえ、乗組員たちが神経過敏になる。昨今では、繁殖場から逃げて野生化したドラゴンが腹をすかせて人間を襲うことがときどきある。テメレアはハーネスを装着されておとなしくしているのだが、誰もが不安そうな目で竜の子を見るのは、そんな事件を思い出すからなのかもしれない。

テメレアが生まれて二週目の半ば、空模様に変化があった。ローレンスは長年の勘によるものか、その日は夜明け前に目覚め、嵐の気配を感じた。まだ雨はきていないが、アミティエ号の明かりが海上のどこにも見えない。夜間から吹きはじめた強い風が、二隻の艦を引き離したにちがいなかった。夜が明けたといっても、空がほの白くなっただけで、ほどなく大粒の雨が帆を打ちはじめた。

こうなってしまうと、人間にはなすすべがないことを、ローレンスは承知していた。ライリーが命令を下しているにちがいないので、みんなの仕事のじゃまにならないように、テメレアを落ちつかせることに専念した。しかし、これがなかなかむずかしい。竜の子は雨に好奇心いっぱいで、両翼を大きく広げて雨を受けとめようとした。

雷鳴も稲妻も怖がらなかった。「どうして、ああなるの?」と尋ね、ローレンスがうまく答えられないと、がっかりしたようだった。「ねえ、あそこまで見にいかない?」そう言って、ふたたび翼をわずかに開き、艦尾の手すりに向かおうとする。

ローレンスはそれを押しとどめた。テメレアは生まれた日に一度飛ぼうとしたものの、あれ以来、食べるほうに夢中で飛ぶ試みを忘れていたようだ。成長に合わせてハーネスは三度改造したが、鎖は交換されていなかったので、テメレアがほんのちょっと引いただけなのに、鎖のひとつひとつの輪が伸び、ちぎれそうになった。

「いまはだめだよ、テメレア。みんなの仕事があるから。ここから見ているだけにしよう」ローレンスはそう言って、テメレアのハーネスを横からつかみ、革ひもとドラゴンの体のあいだに自分の左腕を差し入れた。が、そうしたあとで、自分の体重でテメレアを地上にとどめておくことはもはや不可能だと気づいた。しかしこうしておけば、いっしょに宙に舞いあがったとしても、甲板に戻るように説得することができる。いや、ただ落っこちるだけかもしれないが、その考えは頭から追い払った。

幸いにも、テメレアは落ちつき、残念そうではあったが、空の観察に戻った。ローレンスは太い鎖を持ってくるように頼もうかとあたりを見まわしたが、水兵たちは忙しく立ち働いており、用を頼むのは気が引けた。そもそも、この艦に乗っていることじたいがじゃまなのではないか、そんなふうにさえ思えてくる。気づけば、テメレアの肩はすでにローレンスの頭の高さを超え、以前は貴婦人の手首のように繊細《せんさい》だった前足も、いまではローレンスのふとももほどの太さがある。

ライリーがメガホンを手につぎつぎに命令を発していた。ローレンスはそれをなるべく耳に入れないようにした。干渉したくなかったし、もし自分の意に添わない命令なら、聞いて愉快《ゆかい》なわけがないからだ。乗組員たちは一度とんでもない強風を経験しており、対処のしかたは心得ていた。運よく向かい風ではなく、艦は強風に乗って勢いよく進んでいる。上檣《トゲルンマスト》はすでに適切におろされている。ここまでは上首尾だ。船はおおよそ東に針路をとっていた。ただし後ろからは、リライアント号よりも速いスピードで、すべてを雨で覆い尽くす灰色のカーテンが迫っていた。

海水の壁が、砲撃のような音をたてて甲板に崩れ落ちた。オイルスキンのコートに時化《しけ》帽をかぶっていても、ローレンスはたちまちずぶ濡れになった。テメレアが鼻息を荒くし、犬のように頭を振って水滴を散らす。そしてすばやく翼を広げ、両翼に隠れるように身を小さくした。ハーネスに横から腕を突っこんでいたローレンスも翼がつくるドームにすっぽりと包まれた。激しい嵐のなかで、この居心地のよさはとても奇妙だった。翼の重なり合わないところから、冷たいしぶきを顔に受けながら、外をのぞき見た。

それからしばらくして、テメレアが言った。「ぼくにサメを持ってきてくれたあの人が、海に浮かんでる」ローレンスが竜の子の視線を追うと、滝のような雨を透かして赤と白のシャツがぼんやり見えた。左舷後方、正横後六ポイント〔船の真横から六十七度三〇分の方位。一ポイントは三六〇度を三十二分割した方位の角度〕の方角に両手を振っている人影がある。あれはゴードン——釣りを担当している水兵のひとりにちがいない。

「人が落ちたぞ!」ローレンスは両手をメガホン代わりにして大声で叫び、波間でもがく水兵を指さした。ライリーが悲痛な顔でそちらを見やった。ロープが何本か投げこまれたが、ゴードンとはかなりの距離があいていた。そのうえ強風がロープを吹き飛ばす。ボートを出して助けにいくこともできない。

「ロープから離れすぎてるよ」テメレアが言った。「ぼく、行って、捕まえてくる」

制止する間もなく、ローレンスは一瞬で宙に浮かんでいた。ちぎれた鎖がテメレアの首から垂れていたので、それが横に来たとき自由なほうの手でつかんで、ハーネスに幾重《いくえ》にも巻きつけた。こうしておけば、揺れた鎖が鞭《むち》のように竜の子の脇腹を打つことはない。あとは懸命にテメレアにしがみつき、なんとか冷静を保とうとした。足は宙ぶらりんで、ハーネスの革ひもを離してしまえば、あとは荒れ狂う海へとまっさかさまだ。

本能で空に舞いあがったものの、テメレアがそのまま飛びつづけるには本能以上のものが必要だった。竜の子は、艦の西を目指し、向かい風と必死に闘っていた。突風にあおられて錐《きり》もみ状態になり、ローレンスはこのまま墜落し、海の藻《も》くずと消えるかもしれないと覚悟した。

「風に乗るんだ！」十八年間の海軍生活で鍛えた大声で叫び、どうか、この声を聞き取ってくれ、と祈った。「風に身をまかせろ、さあ！」

緊張のあまり、ローレンスの頬がひくひくした。テメレアが体勢を立て直し、くるりと向きを変えた。そのとたん、打ちつける雨の感触が顔から消えた。ドラゴンは追い風に乗って猛烈なスピードで飛んでいた。ローレンスは空気を求めて喘《あえ》ぎ、あまりの速さに目から涙が噴き出すので、まぶたをきつく閉じるしかなかった。十ノットの高速で進む船の檣楼《しょうろう》に立つのがうららかな草原に立つのとは比べものにならないように、ドラゴンで空を飛ぶのは、十ノットで進む船の檣楼に立つのとは比べものにならない体験だった。悪ふざけする少年のようなばか笑いが喉から弾《はじ》けた。なんとかそれを抑えつけ、正気に戻れと自分に言い聞かせる。

「水兵のところまで、まっすぐに進むのは無理だ！」ローレンスは叫んだ。「上手回し《タッキング》だ。テメレア、わかるか？　船と同じだ。ジグザグに進め。まずは北へ。それから南へ」

ドラゴンが返事をしたとしても、風にかき消されて聞こえなかっただろう。だが、テメレアはその意味を理解したようだ。急降下したのち、翼で風を受けながら北に針路をとった。大波に呑まれた小舟のように、ローレンスの胃がふわんとさがった。雨と風はなおも吹きつけてくるが、前ほどの激しさはない。テメレアはカッター〔小回りのきく艦載艇〕のように巧《たく》みな上手回しを行い、ジグザグの針路をとりながら西に進んだ。

両腕が猛烈に熱かった。ローレンスはハーネスの革帯を握った手がゆるむのを恐れ、胸帯に左腕を差しこみ、右手を小休止させた。テメレアは艦の上空まで引き返し、艦を越えて、なおも飛んだ。波間でもがくゴードンの姿が遠くに見えた。幸いにも彼は泳ぐことができたし、猛烈な風雨にもかかわらず、海のうねりは彼を呑みこんでしまうほどには大きくなかった。ローレンスはテメレアのかぎ爪を見やり、ふと不安になった。テメレアがこの巨大なかぎ爪でゴードンをつかんだら、彼を助けるどころか殺してしまうのではないか。ここはローレンス自身がゴードンを捕まえなければならない。それにはまず、体勢を変える必要がある。

「テメレア、彼はわたしが引きあげる。でも、まだだ。こっちの準備ができたら、知らせる。そしたら、目いっぱい海面に近づいてくれ!」ローレンスは大声で指示した。それから、ハーネスをつたってゆっくりと慎重に下に向かい、一本の革ひもにしっかりと片腕をからめ、ドラゴンの腹からぶらさがった。総毛立つような移動だったが、腹の下に入ってしまえば、竜の体が風雨を防ぐ盾となり、動きやすくなった。腹を回る幅広の革帯を引き寄せ、帯と腹のぎりぎりの隙間に脚を一本ずつ差し入れた。こうして両手が自由になったので、テメレアの脇腹をぴしゃりと打って合図した。

テメレアが獲物に襲いかかる鷹《たか》のように急降下した。ローレンスはテメレアと目的をひとつにしていると信じ、宙にぶらさがったまま、両手をいっぱいに伸ばした。指先が海面を二ヤードほどかすめたのち、びしょ濡れの服と体にぶつかった。それをやみくもにつかんだ。ゴードンもしがみついてきた。テメレアがふたたび上昇し、激しく羽ばたいた。今度は風に逆らって飛ばなくてもいい。ゴードンの重みにローレンスの腕や肩やももが引きつり、全身の筋肉が緊張を強いられた。ふくらはぎに食いこむ革帯のせいで、もはや膝から下の感覚がない。体じゅうの血液が頭に流れ、たまらなく苦しい。リライアント号へとまっしぐらに飛ぶテメレアの下で、ローレンスは振り子のように揺れ、視界がぐるぐると回った。

着地はけっして優美なものではなく、その衝撃で艦が揺れた。テメレアは、ローレンスとゴードンを腹の革帯にぶらさげたまま、後ろ足で踏んばって翼をおさめた。ゴードンは拘束を解かれるや、ドラゴンがいまにも倒れこんでくるのではないかと恐れるように泡を食って逃げ出した。ローレンスはハーネスの留め具をゆるめようとしたものの、指がこわばって使いものにならなかった。ウェルズが駆け寄って、ナイフで革帯を断ち切った。

ローレンスの体が甲板に落ち、両脚に一気に血が流れこんだ。テメレアが前足をずんっとおろす。ローレンスは雨が打ちつけるのも気にせず、仰向けになり、ぜいぜいと息をした。体の自由がきかない。ためらっているウェルズを、手を振って仕事に帰した。なんとか立ちあがり、無理やり足を動かすと、血流が戻ってくるときのじんじんとした痛みが徐々に遠のいていった。

風はまだ強いが、リライアント号は常態を取り戻し、中檣帆《トップスル》を縮帆し、追い風に乗って帆走した。甲板にいても、もう危険はない。トム・ライリーのみごとな航海術を、誇りと無念の入り交じる複雑な思いで眺めたあと、ローレンスは艦尾甲板のまんなかに戻るようテメレアに促した。そうしないと、船のバランスが定まらない。テメレアを急《せ》かして正解だった。そこに落ちついたとたん、いつもなら食事を要求するはずのテメレアが、大きなあくびをして、すぐに眠ろうとした。ローレンスはゆっくりと甲板に腰をおろし、テメレアにもたれかかった。緊張を強いられていた体の節々《ふしぶし》がいまも痛む。

だがすぐに、はっと身を起こした。疲労のせいで舌がもつれてうまく言葉が出てこないのだが、竜の子になにか話しかけてやらなければならない。「テメレア、よくやったぞ。とても勇敢だった」

テメレアは頭をもたげ、ちらりとローレンスを見つめた。ほぼ一文字《いちもんじ》だった眼がさらに開き、ふたつの楕円になる。「ふふん」とまどったような反応だった。ローレンスは、これまで竜の子にやさしい言葉をほとんどかけていなかったことに気づき、良心がちくりと痛んだ。自分の人生の大変動は、ある意味では、テメレアのせいだ。しかし、ただ生《き》のままに行動しているにすぎないこの竜の子を責めるのは、分別あるおとなるすることではない。

もっとねぎらってやりたいのだが、疲労困憊《ひろうこんぱい》のあまり、不器用に同じ言葉を繰り返すことしかできなかった。「よくやった、よくやったぞ」なめらかな黒い脇腹を撫でながら言った。だが、それで充分だった。テメレアはなにも言わなかったが、ほんの少し体をずらして、ローレンスを包むように丸くなり、片翼を少し開いて雨を防いでくれた。激しい風雨の音が翼のドームの下でくぐもった。竜の脇腹に頬を寄せると、心臓の大きな拍動が伝わってきた。ドラゴンの温もりで寒さが遠のいていく。こうして、ローレンスは完璧なシェルターに守られ、またたく間に深い眠りに落ちた。

「ほんとうに、だいじょうぶですか？」トム・ライリーが不安そうに尋ねた。「漁網をつくることだってできます。あなたのお考えとはちがうのでしょうが……」

ローレンスは重心を後ろに移し、ももとふくらはぎに巻きついた革ひもに力をかけてみた。だいじょうぶだ。ハーネスの主要部分にも無理な力はかかっていない。彼の体はテメレアの背、翼の付け根のすぐ後ろにしっかりとおさまっていた。「いいんだ、トム。そんな必要はない。この艦は漁船じゃないんだし、人員は大切に使おう。それにいつか、フランス軍と遭遇《そうぐう》するかもしれない。そんなとき漁なんかしていたら、われわれはどうなる?」体を前に倒し、テメレアの首をなだめるように軽く叩いた。ドラゴンはさっきから首を回して、背部で行われている作業をじれったそうに眺めている。

「もう準備できた? もう出発していい?」そう言いながら前足を艦尾の手すりにかけた。なめらかな皮の下で筋肉が張りつめ、声がもう辛抱の限界だと伝えている。

「トム、離れろ」ローレンスはあわてて叫び、鎖を解《と》いて、首に巻かれた革ひもをしっかりつかんだ。「いいぞ。テメレア。さあ、しゅっ——」言い終わらないうちに体がふわんと宙に浮き、テメレアの両翼が大きな弧を描いて一気に開いた。長い竜の体がまっすぐに伸びる。空に向かって、ぐんぐんと上昇していた。ローレンスはテメレアの肩越しに下界を見おろした。リライアント号が茫々《ぼうぼう》たる大海原《おおうなばら》で子どものおもちゃのように揺れていた。二十マイルは離れているだろうが、東にはアミティエ号も見える。風にあおられても、装着した革ひもはびくともしなかった。はからずも、この前と同じように、ばか笑いがこみあげてきた。

「西に行こう、テメレア」ローレンスは声を張りあげた。陸地に近づきすぎて、フランスの哨戒艇《しょうかいてい》と出遭うようなへまはしたくない。今回はテメレアの首の細い部分に首輪が巻かれ、そこに手綱《たづな》が取り付けられたので、たやすく指示を出すことができた。ローレンスは手首に付けたコンパスで方角を確かめてから、テメレアの右の手綱を引いた。ドラゴンは上昇をやめて、水平飛行に切り替えた。空は雲ひとつなく晴れわたり、海面にはゆるやかなうねりがあるだけだ。上昇をやめたテメレアはもう激しく羽ばたいてはいないが、ものすごいスピードで飛びつづけている。リライアント号もアミティエ号もすでに視界から消えていた。

「ふふん、見つけたぞ」テメレアがそう言ったとたん、さらに速度を増した降下がはじまった。ローレンスは手綱を握りしめ、喉から飛び出しそうになる叫びを呑みこんだ。子どものようにはしゃぐなんて愚かしいことだと自分を戒める。だがそれにしても、こんな大海原から獲物を見つけ出すドラゴンは、なんとすばらしい視力の持ち主だろうか。と思うそばから、激しい水しぶきがあがった。このときすでにテメレアは一頭の暴れるネズミイルカをかぎ爪で捕らえており、海水を散らしながら上昇した。

驚いたことに、テメレアは空中停止《ホバリング》しながら獲物をたいらげた。体を起こし、両翼で空気をすくいあげるような動きを繰り返し、みごとに空中の同じ位置にとどまっている。ローレンスはドラゴンがこんな動きをするのをはじめて見た。テメレアの技術はまだ荒削《あらけず》りで、激しく上下に揺すられるのはけっして心地よいものではなかったが、空中での食事には海面に散った獲物の肉片が新たな獲物をおびき寄せるという大きな利点があった。テメレアは、ネズミイルカを食べたあと、左右の前足で大きなマグロを一頭ずつ捕まえてたいらげ、つぎはメカジキに取りかかった。

ローレンスは振り落とされないように片腕を首輪に差しこみ、周囲を眺めた。まるでこの大海原を支配しているような気分だ。視界には生きものひとつ、船一隻入ってこない。この作戦を成功させた誇らしさがこみあげた。空を飛ぶ興奮はなにものにも換えがたかった。将来について考えず、いまだけを楽しめるのなら、ローレンスは申し分なく幸福だった。

テメレアは、メカジキの肉を食べ尽くし、鋭く尖《とが》った吻《ふん》をしげしげと眺めてからぽいと捨てた。「おなかいっぱい」そう言って、ふたたび空の高みに向かう。「ねえ、もっと飛んでみない?」

そそられる提案だったが、すでに一時間以上飛んでいる。ローレンスは、テメレアの耐久力がどの程度のものか量《はか》りかねた。「リライアント号に戻ろう。船のまわりなら、もっと飛んでいてもいいから」心残りではあるが、こう答えるしかなかった。

テメレアはローレンスを背に乗せて、海面近くを飛んだ。ときどき波と戯《たわむ》れるように、前足を海面に浸け、ローレンスの顔に水しぶきを浴びせた。世界はぼやけ、すべてが高速で流れ去っていく。だが、ローレンスの真下にはテメレアという揺るぎない存在がある。潮風を吸いこみ、飛行する喜びにわれを忘れた。ただ時折りコンパスを確認し、手綱を操った。やがて視界に、リライアント号が入ってきた。

テメレアが眠くなったと言うので、そのまま艦に戻ることにした。今度の着地は前よりもはるかに優雅で、艦の喫水線が動くことすらなかった。ローレンスは両脚を留め具からはずし、下におりた。鞍《くら》ずれのちょっとした痛みにたじろぐが、考えてみれば、これは予期してしかるべきことだった。ライリーが急いで出迎えにきた。顔に安《あん》堵《ど》がにじんでいた。ローレンスも安心させるようにうなずいた。

「だいじょうぶ。テメレアはみごとにやってのけたよ。もうこれで食糧のことは心配しなくていいだろう。なんとかやっていけそうだ」ローレンスはドラゴンの脇腹を撫でながら言った。テメレアはうとうとしはじめており、片眼だけあけて、うれしげな低いうなりを発し、ふたたび眼を閉じた。

「それはよかった」ライリーが言った。「これで今夜の食事もりっぱなものになります。実は、念のため、あなたの留守中も釣りをつづけていました。そしたら、すばらしく大きなヒラメがかかりました。それをわたしたちの夕食にしましょう。よろしければ、海尉候補生たちも招いて、みんなで食事をとりませんか?」

「それはいい。とても楽しみだ」ローレンスは、脚のこわばりを解こうと伸びをした。

テメレアを甲板に移すとき、ローレンスからの提案で、艦長のキャビンをライリーに明け渡した。ライリーはしぶしぶ同意したものの、前艦長の部屋を使う心苦しさがあってか、毎日のようにローレンスを食事に招待した。その習慣はあの強風のせいでいったん途絶えたが、また今夜から恒例の晩餐《ばんさん》が再開されることになったのだ。

食事はとてもおいしく、楽しい宴《うたげ》になった。ワインの杯《はい》を重ねるほどに、若い海尉候補生たちから堅苦しさが取れていった。ローレンスは人を楽しませる会話術を心得ていたので、これまでも集まった部下たちを相手に話を弾《はず》ませたものだった。そして、ローレンスとライリーのあいだには、今後も支え合っていけるような、階級を超えたほんものの友情が育っていた。

宴はしだいに無礼講となり、開放的になった海尉候補生のカーヴァーが上官たちより先にデザートに手をつけ、それをたいらげたあとで直《じか》にローレンスに質問した。

「僭越《せんえつ》ながらお尋ねします。ドラゴンが火を噴くというのはほんとうでしょうか?」

うまい白ワインを堪能し、干しぶどう入りプディングを腹におさめたローレンスは、この問いかけを寛容《かんよう》に受けとめた。「ああ、ミスタ・カーヴァー、ほんとうだ。種によるが、火噴きのドラゴンはいる」グラスを置いてつづけた。「しかし、稀《まれ》な能力だろうな。一度だけ、見たことがある。あれは〈ナイルの海戦〉のとき、トルコ産のドラゴンだった。オスマン・トルコ軍がわが英国の味方についていて喜んでいるさなか、それを目《ま》の当たりにした」

士官たちがぶるっと身を震わせて、神妙にうなずいた。制御できない炎ほど戦列艦にとって致命的なものはない。「わたしはゴライアス号に乗っていた」ローレンスはつづけた。「フランス艦ロリアン号がたいまつのように火を噴きあげたとき、われわれは間近な距離にいた。わがゴライアス号が砲撃でロリアン号の甲板砲をつぶし、檣楼の狙撃手たちを片づけたのだ。そのかいあって、ドラゴンが意のままに艦に近づき、攻撃できるようになった」そのときの光景がまざまざとよみがえり、しばし口をつぐんだ。ロリアン号のすべての帆が燃えあがり、黒煙が立ちのぼった。あの黒とオレンジの空飛ぶけだものは、何度も敵艦に襲いかかり、火を放ち、翼で風を送りこんだ。恐ろしい竜の雄叫《おたけ》びが聞こえた。が、つぎの瞬間、それはロリアン号の爆発音に掻き消された。ほぼ一日耳が聞こえなくなるほどの轟音《ごうおん》だった。ローレンスは少年時代、ヴァチカンに行き、ミケランジェロの描いた「最後の審判」を見たことがあった。ドラゴンが人間もろとも艦を焼き払う光景は、その絵に描かれた地獄を彷彿《ほうふつ》とさせた。

その戦いの場に居合わせなかった者たちも、沈黙のなかで想像をめぐらした。軍医のポリットがこほんと咳払いをして話し出す。「まあ、毒液や強酸を吐く能力のほうが多いようですな。もっとも、それだって破壊的な戦闘力になるわけですが」

「そのとおり」と、ウェルズが引き継ぐ。「ドラゴンの吐く毒で、主檣帆《メインスル》がぼろぼろにされるのを見たことがあります。まさに一瞬のできごとでした。それでも火薬庫に火を噴かれて、艦もろとも木っ端《こっぱ》みじんにされるよりは……」

「まさか、テメレアにもその能力が？」目を丸くして話を聞いていたバターシーの質問に、ローレンスははっとした。トム・ライリーの上座にあたる右手にすわり、士官室でもてなされているような気分になっていた。だが、テメレアが話題にのぼったことで、ここが以前の自分のキャビンであることを思い出す。いまはただの客にすぎず、もはや艦長ではないということを。

　幸いにもポリットが質問に答えたので、そのあいだにローレンスは気持ちを立て直すことができた。ポリットは言った。「わたしの手持ちの書物には、テメレアのようなドラゴンについての記述が見つからないのです。まあ、答えが出るのは、陸にあがって種が特定されてからでしょう。たとえ、火噴き種だったとしても、彼にその能力があらわれるかどうかは、成長してみないとわかりませんね。まだまだ先のことですよ」

「それは助かった」とライリーが言い、同意のしるしにみなが笑った。ローレンスも笑みをつくり、そこにいる者たちとテメレアのために乾杯した。

　そのあと、みなに暇《いとま》を告げて、いくぶんふらつく足で艦尾甲板に戻った。テメレアがその場を独《ひと》り占めにして堂々と寝そべっていた。乗組員たちは、竜の子の成長にともない、この場所にはあまり立ち入らないようになった。ローレンスが近づくと、ゆっくりとあいたテメレアの眼がきらりと光った。竜の子は、どうぞ、とばかりに片翼をあげた。ローレンスはこのしぐさにちょっと驚いたが、自分の上掛けをつかみ、心地よい温もりのなかに体を突っこんだ。丸めてあった上掛けをほどき、その上にすわってドラゴンの脇腹に背中を預ける。テメレアはふたたび翼をおろし、ローレンスのために暖かな隠れ家をつくった。

「ぼく、火を噴けるのかな」テメレアが問いかけた。「どうやったら、それがわかるんだろう。やってみたけど、空気しか出てこない」

「聞いていたのか？」ローレンスはびっくりした。艦尾窓は開かれていたから、会話が甲板まで洩れていたとしてもおかしくはない。だがまさかテメレアがそれを聞いているとは思ってもみなかった。

「うん。戦いの話にはわくわくしたよ。あなたもいっぱい、戦った？」

「ああ、戦った」ローレンスは答えた。「ほかの人たちと似たようなもんだ」これは必ずしも真実ではない。ローレンスは人並みはずれて多くの戦役に赴き、軍功をあげた。だからこそ、年齢のわりに高い地位に就き、実戦に強い艦長という評価も得た。

「だけど、きみを見つけたのも、戦いのすぐあとだった。まだ卵だったけどね。きみは敵艦を拿捕したときの戦利品だ——そうあの船の」ローレンスは、左舷艦首二ポイントの方角に見えるアミティエ号の艦尾灯を指さした。

テメレアは興味深そうにアミティエ号を見つめた。「あなたが、戦いで、ぼくを勝ちとった？　知らなかったよ」それを知って喜んでいるようだ。「またすぐにつぎの戦いがあるの？　見てみたいな。きっとぼく、手伝えるよ、火を噴けなくてもね」

テメレアの意気込みを知って、ローレンスの頬がゆるんだ。ドラゴンの熱い闘志は誰もが知るところだ。彼らが戦闘において大きな役割を担うのは、その闘志があるからこそだ。

「港に着くまでに戦闘はまずないだろう。だけど、その後はおそらく、いやというほど戦いを見ることになる。英国軍はそんなにたくさんのドラゴンを持っていないんだ。だから、きみが成長したら、われわれには、まず間違いなく、たくさんのお呼びがかかる」

首をもたげて海を見つめているテメレアを、ローレンスは見あげた。食糧の問題が片づいたことで、ローレンスにもこの幼竜の秘めたる力について考える余裕が生まれた。いまやテメレアは、小型ドラゴンの成竜よりも大きく、しかも、素人《しろうと》であるローレンスの見立てながら、成長はきわめて速い。火噴きの能力があろうとなかろうと、テメレアが英国航空隊にとって、いや英国にとって計《はか》り知れない価値を持つことはほぼ間違いないだろう。テメレアが勇敢な心の持ち主であることを誇らしく思った。この先、困難な任務を負うことになったとしても、これ以上頼もしいパートナーは望めないだろう。

「〈ナイルの海戦〉の話をもっと聞きたいな」テメレアがローレンスを見おろして言った。「あなたの軍艦と、敵の軍艦と、そしてドラゴンがいたの？」

「いやいや。英国軍は十四隻の戦列艦に、航空隊第三師団のドラゴンが八頭、さらにオスマン軍所属のドラゴンが四頭いた。敵方フランスは、十七隻の戦列艦に十四頭のドラゴン。数では敵が勝《まさ》っていた。しかし、ネルソン提督の戦術はフランス軍の度肝《どぎも》を抜くものだったんだ」ローレンスは話しつづけた。テメレアは頭をおろし、ローレンスを包むように身を丸め、闇のなかで眼をきらきらさせて話に聞き入った。人と竜の低い話し声が、途絶えることなく夜更けまでつづいた。

3　航空隊からの使者

リライアント号は、あの強風のおかげもあって、ローレンスが見積もった三週間より一日早くマデイラ島フンシャルに到着した。テメレアは陸地が見えはじめたときから艦尾で身を起こし、熱心に行く手を見つめていた。フリゲート艦にドラゴンが乗って入港するなどというのはまずありえないことだったので、港は大騒ぎになり、艦を遠巻きにして人だかりができた。

港にはクロフト提督の旗艦《きかん》、コメンダブル号も停泊していた。リライアント号は、クロフト提督の指揮下にある。この異例の事態を提督に報告する前に、ローレンスはトム・ライリーと事前の打ち合わせをすませていた。リライアント号が港に錨《いかり》をおろすや、コメンダブル号のほうから信号旗で、〝艦長は乗船して報告せよ〟との指令が下った。ローレンスはわずかな時間を見つけて、テメレアに話しかけた。「戻ってくるまでここにいてくれよ、いいな」テメレアに悪気はないのだが、新しくておもしろそうなものを見つけると、つい夢中になって、言いつけを忘れてしまうのだ。探索するにはうってつけの新しいものだらけの世界で、テメレアがおとなしく待っているかどうかが心配だった。「約束だ。わたしが戻ってきたら、思う存分、この島を空から見物させてあげよう。それまでは、ミスタ・ウェルズが持ってくる仔牛と仔羊を食べていてくれ。うまいぞ、これまでとはぜんぜんちがう」

テメレアが小さなため息とともにうなずいた。「わかった。でも急いでね。あの山に行ってみたいんだ。それと……あれも食べていいかな」そう言って、荷役用につながれている馬のほうを見た。馬たちがまるでその言葉を理解したかのように、神経質そうな足踏みをした。

「だめだよ、テメレア。街で見かけるものを食べちゃいけない」ローレンスは釘《くぎ》を刺した。「ウェルズがすぐに食事を持ってくるから」そう言って身を返し、ウェルズ海尉と視線を合わせ、食事が急を要することを伝えた。そしてまたテメレアをちらりと見やってから、歩み板を渡り、ライリーとともに旗艦のほうに向かった。

クロフト提督は苛立ってふたりを待っていた。明らかに、なにかを聞きつけて怒っている。提督は大柄で印象的な風貌《ふうぼう》だった。顔には斜めに走る傷痕《きずあと》があり、左腕はバネ仕掛けで動く鉄の指を備えた義手。彼は左腕を提督に昇進する直前に失った。そして、昇進後に体重が大幅に増加した。ローレンスとライリーが提督特別室に入っていっても、彼は腰をあげなかった。眉根をかすかに寄せ、手振りですわるように促した。「さて、ローレンス、説明してもらおうか。きみの艦の甲板にいる、あのけだものについてなにか言いたいことがあるだろうからな」

「彼にはテメレアという名があります。けだものではありません」ローレンスは言った。「三週間前、フランス艦アミティエ号を拿捕して、船倉であのドラゴンの卵を見つけました。わが艦の軍医はドラゴンについて知識があり、まもなく孵化がはじまると予測しました。そこでわれわれはしかるべき準備を整え——そう、生まれてきたドラゴンに、わたしがハーネスを装着しました」

クロフトが椅子の背から身を起こし、目を鋭く細めてローレンスを見つめ、つぎにライリーを見つめた。ようやく、ふたりの軍服の変化に気づいたようだ。「きみが？　きみがやったのか？　なぜだ？　なぜ、海尉候補生にやらせなかった？」きつい口調で問い詰める。「きみの職分を逸脱《いつだつ》した行為だぞ、ローレンス。とんでもない話だ。海軍艦長がいきなり航空隊入りとはな」

「部下たちとくじを引きました」怒りを抑えて、ローレンスは言った。この自己犠牲を褒《ほ》め称えよとは言わないが、非難されるいわれはない。「わたしは軍務に身を捧げてきた男です。だからこそ、わたしもリスクを負うべきだと、それが公平なことだと考えました。結局、くじは当たりませんでしたが、あの事態を避けることは不可能でした。ドラゴンのほうが、わたしを気に入ったのです。だからもし、ほかの誰かがハーネスを装着しようとしても、彼は拒絶していたかもしれません。そのような危険を冒すわけにはいきませんでした」

「最悪だ」クロフトはむっつりとして、椅子に深くすわり直した。右手の指が、左手の金属の手のひらをコツコツと叩く。静寂のなか、爪が金属を打つ音だけが響いて、数分が経過した。そのあいだローレンスは、テメレアが留守中に引き起こしているかもしれない数々の災いと、クロフトがリライアント号とライリーにもたらすかもしれない厳しい処分を交互に想像した。

ついにクロフトが眠りから覚めたように、義手でないほうの右手をさっと振った。

「けっこう。かなりの賞金が出るにちがいない。ハーネスを装着したドラゴンは、野生ドラゴンよりは価値があるからな。それに、奪ったのはフランスのフリゲート艦だ。

商船ではないのだろう? それなら、艦はわが軍のものになる」クロフトは機嫌を直していた。ローレンスは安堵と同時に、苛立ちを覚えた。この男はおそらく、拿捕賞金のなかで提督である自分の取り分がどれくらいになるかしか考えていないのだろう。

「仰せのとおりです。三十六門フリゲート艦で、良好な状態に保たれています」ローレンスは心の声を抑えて、丁重《ていちょう》に言った。もう二度とクロフトに軍務の報告をすることはないだろうが、ここに残るライリーのことを考えなければならない。

「ローレンス、きみは責務を果たした。これからは飛行士としてやっていくことになるのだな。きみを失うのはとても残念だが――」提督の口調にはまったく心がこもっていなかった。「この地域に英国航空隊の師団はない。ドラゴン便も一週間に一度しか飛んでこない。きみはおそらく、あのドラゴンとジブラルタルまで行くことになるだろう」

「承知しました。しかし、旅をさせるにはまだ成長が必要かと思われます。いまのところ、なんの支障もなく飛べるのは一時間程度です。長旅をさせるのはまだ危険かと」ローレンスは率直に言った。「食事もたっぷりと与えなくてはなりません。これまではほとんど魚ばかりでしのいできました。もちろん、狩りをさせるようなことはしませんからご安心を」

「だがな、ローレンス。それは海軍の役目ではない」このしみったれたせりふにローレンスは愕然《がくぜん》とした。提督もこの発言はさすがに聞こえが悪いと思ったのか、あわてて言い添えた。「わたしから当地の総督に話しておこう。いくらかは用意してくれるだろう。さてと、リライアント号およびアミティエ号について今後の処遇を考えようか」

「それについて申しあげますが、ドラゴンが生まれたときから、ミスタ・ライリーがリライアント号の指揮をとってきました。申し分なく艦を航行させ、二日間の強風にもかかわらず、無事に港まで到着しています。彼は、フランス艦を拿捕するときも、みごとな働きを見せました」

「なるほど、なるほど」クロフトが言い、ふたたび金属の手のひらをコツコツと叩く。

「アミティエ号をここまで運んできたのは誰だ？」

「一等海尉のギブズです」ローレンスは答えた。

「そうか、ふむ」と、クロフトが言う。「きみの艦の一等海尉と二等海尉が同時に昇進というのは、いささか欲張りすぎではないかな、ローレンス？　きみも承知しているだろうが、この地域に配備されたフリゲート艦の数には限りがある」

感情をおもてに出さないようにするには苦労がいった。クロフトは、自分がうまい汁を吸うために、自分のお気に入りの配下を昇進させる口実をさがしているのだろう。

「失礼ながら」と、ローレンスは冷ややかに切り出した。「お言葉の真意をはかりかねます。わたしは、艦長の空席をつくろうとして、ドラゴンにハーネスを装着したわけではありません。そうしたのは、わが祖国の戦力として貴重なドラゴンを確保するためです。国王陛下にも、そのように理解していただけるものと信じております」ローレンスは、自分の払った犠牲についてくどくどと語りだしそうになった。ライリーの将来に影を落とさずにすむなら、そうしていただろう。

しかし、短い反論にもそれなりの効果はあり、クロフトは〝国王陛下〟という言葉に強く反応し、「ふうむ」と「ううむ」を繰り返し、結局、ライリーの艦長昇進を取り消すことなく、会見を切りあげた。

「恩に着ます」リライアント号に戻る道すがら、ライリーがローレンスに言った。「あんな発言をして、あなたが厄介《やっかい》な目に遭《あ》わないことを祈りますよ。彼は相当な影響力を持つ人物にちがいありませんから」

だがリライアント号に戻ったとき、甲板におとなしくすわっているテメレアを見て、ローレンスは安堵しか感じなかった。甲板には血と肉片が飛び散り、竜の子の顎が真っ赤に染まっていた。見物人たちは驚いて逃げてしまったようだ。「なあ、トム。今回の件で唯一喜ばしいことがあるとすれば、それは、もうどんな〝影響力〟についても考えないですむようになったってことだよ。飛行士には、そんなもの関係ないだろう」ローレンスは言った。「わたしのことは心配しないでくれ。さて、急いだほうがよさそうだな。テメレアの食事の後始末をしなければ」

空を飛ぶうちに、波立っていた心が落ちついてきた。髪に風を受け、美しいマディラ島の全景を見おろしながら、どうして怒ってなどいられよう。テメレアが新しいなにかを見つけるたびに、それを報告する。さまざまな動物、家、荷車、樹木、岩肌。竜の子はあらゆるものに興味を持った。近頃では首を後ろに曲げて飛ぶ方法を覚えたので、飛んでいるときでもローレンスと会話ができる。きょうは、飛びながら相談し、島の深い渓谷《けいこく》を見おろす尾根におり立った。尾根づたいに人けのない道がつづいていた。テメレアは、南の斜面を雲がゆっくりと這《は》いおりていく奇妙な風景に目を奪われた。

ローレンスは地上におりた。ドラゴンにまたがることにも慣れてきたが、一時間も飛びつづけたあとは脚を伸ばせるのがうれしい。しばらくぶらぶら歩いて風光を楽しみ、明朝はささやかな食事と飲み物を持ってこようと考えた。サンドイッチと、ワインがいいかもしれない。

「ぼくは、あのラムがいい」ローレンスの思考を読みとったように、テメレアが言った。「うまそうだなあ。あっちへ行って食べてもいい？　ずいぶん大きいぞ」

谷の斜面のはるか遠く、羊たちが緑のなかの白いひと固まりとなって草を食《は》んでいた。「だめだよ、テメレア。あれは仔羊《ラム》じゃなくて、羊《マトン》だ。仔羊ほどうまくはないぞ。それに、あれは誰かの羊だから、黙っていただくわけにはいかない。そうだ、明日もここへ来る気があるなら、一頭だけ分けてくれないか、羊飼いに頼んでみよう」

「なんか変だな。海では好きなだけ獲ってよかったのに、陸地では、なにもかも交渉しなくちゃいけないなんて」テメレアは落胆を隠さなかった。「なんか間違ってるよ。あれはみんなの羊だ。それに、ぼくはおなかがすいてるし」

「きみがそんなことを言いだすと、わたしは叛乱教唆《はんらんきょうさ》の罪で逮捕されてしまう」ローレンスは、なんだか愉快な気分になった。「きみの考え方は革命家みたいだな。あの羊の飼い主は、きみの明日のディナーのために、おいしい仔羊を用意してくれる人と同じだ。もし、こっそり羊をいただいたら、仔羊も分けてもらえなくなるかもしれないよ」

「いま、仔羊を食べられたらなあ」テメレアはぶつぶつと言ったが、羊を捕まえにいこうとはせず、ふたたび斜面の雲に見入った。「あの雲のところまで行ける？　なぜあんなふうに動くのか知りたいんだ」

ローレンスは雲に覆われた渓谷を見つめた。だめだとは言えない。もちろん、それが必要なときもあるが、必要のないときまでテメレアに〝ノー〟と言いたくない。そんな気持ちがこのごろますます強くなってきた。「きみがそうしたいなら、行ってみよう。だけど、ちょっと危ないな。斜面をまっすぐ目指したら、吹きおろす強い風に叩き落とされてしまうかもしれない。船が逆帆《さかほ》になるようにね」

「ふふん、谷底に着地してはどう？　そこから歩いてのぼっていけばいい」テメレアは首を地面につけて、早くまたがるようにローレンスを促した。「ああ、楽しみだな」

谷底から頂《いただき》を目指してドラゴンと山腹をのぼっていくのは、それもドラゴンを大きく引き離してのぼっていくのは、なんとも不思議な感じがした。テメレアの一歩はローレンスの十歩に相当する。しかし竜の子は、その一歩をなかなか踏み出さない。前と後ろを交互に見ては、雲を比較するのに夢中になっている。しかたないので、ローレンスは斜面に寝ころんで、テメレアが追いつくのを待つことにした。濃い霧がかかっていたが、厚着とオイルスキンのコートのおかげで快適だった。近頃では、飛ぶときはいつもこの服装を選ぶようになっている。

テメレアは、あいかわらずゆっくりとのぼってくる。雲を観察し、花や小石にも気をとられている。ところが、ある地点で立ち止まり、地面から石ころを掘り起こすと、それを興奮したようすでローレンスのところへ持ってこようとした。前足でつかむには小さすぎるので、一本のかぎ爪の先で石を押しながら運んでくる。

ローレンスはテメレアが運んできた人間のこぶしほどの石を拾いあげると、つらつらと眺めた。確かに興味深い。〝愚者の黄金〟と呼ばれる黄鉄鉱に、水晶が交じっているようだ。「どうやってこれを見つけたんだい?」両手のなかで石を転がし、土を払いながら尋ねた。

「ちょっぴり地面から出てた。光ってたんだ」テメレアが言う。「これは黄金? こういうの、好きだ」

「これは、黄金じゃなくて黄鉄鉱だ。だけど、きれいじゃないか。きみたちは物をためこむ習性を持つ生きものらしいね」ローレンスはいとおしい気持ちでテメレアを見あげた。多くのドラゴンが宝石や貴金属に魅せられる習性を生まれながらに持つと聞いている。「残念ながら、わたしは金持ちじゃない。きみに黄金のベッドは用意してあげられそうにないよ」

「あなたがいれば、黄金なんていらないよ。黄金のベッドがどんなにすてきなものだったとしても。ぼくは甲板でいいんだ」

テメレアはさりげなく言った。けっしてお世辞のようには聞こえなかった。その証拠にローレンスの反応を見とどけることもなく、また雲を眺めにいった。取り残されたローレンスは、驚きと深い喜びをもってテメレアを目で追った。こんな気持ちはほかで感じたことがない。もしこれに匹敵《ひってき》するものがあるとしたら、リライアント号が人間の言葉をしゃべれたとして、あなたが艦長でよかった、と言ってくれたときの気持ちだろうか。けっして飾られた言葉ではないと信頼できる称賛と愛情が、ローレンスの心に新たな決意を——その称賛と愛情をけっして裏切るまい、という強い決意を生んだ。

「残念ながら、お役に立てそうにありません」厚い本から顔をあげて、年配の男は耳の後ろを掻いた。「ドラゴンに関する本を十数冊持っていますが、あの竜の子の種を特定できるような記載は見つかりません。成長すると、体色が変化するのかもしれませんね」

ローレンスは眉根を寄せた。マデイラ島に着いてから、その方面に詳しそうな人間に質問するのは、この書籍商で三人目だ。だがいまだ、テメレアの種を特定できる人物はいない。

「しかしながら」と、その書籍商は言った。「望みがないわけではありません。ロンドン王立協会の会員である学者のエドワード・ハウ卿《きょう》が、船旅の途中で、このマデイラ島に立ち寄っておられます。先週、わたしの店にも顔を出されました。島の西北端にあるポルト・モニースに宿をとっておられるとか。あの方なら、あなたのドラゴンの種を見きわめられるかもしれませんね。アメリカ産とオリエント産の稀少種に関する研究論文を発表されているほどですから」

「ご親切にどうも。よいことを教えてもらいました」ローレンスは、やっと光明を見つけた気がした。エドワード・ハウ卿は有名な学者だし、ロンドンで一、二度会ったことさえある。誰かに紹介を頼む手間が省けるのはありがたかった。

その書店でマデイラ島の詳細な地図と、テメレアのために鉱物の本を買い求め、晴れ晴れした気分で街の通りに出た。空は快晴。竜の子はいまごろ、特別にあてがわれた街はずれの野原でのんびりと日なたぼっこをしているだろう。もちろん、たらふく腹に詰めこんだあとでだが。

この地を治める総督は、クロフト提督よりもよほど温情を示してくれた。それはもしかすると、港にいる空腹のドラゴンが島民の不安をあおったせいかもしれないが、ともかくテメレアの食べる羊と牛の代金を支払ってくれることになった。テメレアは、食べ物の変化にも影響されることなく、めきめきと成長しつづけた。もはやリライアント号の艦尾甲板では窮屈で、体長がリライアント号を越える日もそう遠くはなさそうだった。ローレンスは、野原のそばに一軒の家を借りた。安い家賃ですんだのは、その家の持ち主が突然、とにかく近くでなければどこへでも引っ越したいと言いだしたからだ。かくしてローレンスは、テメレアとともに誰にも気がねなく、島に滞在できるようになった。

海軍から離れることには心残りがあったので、竜の子に飛行練習をさせるという大仕事をこなしつつ、毎日のように街でライリーやほかの士官や海軍の知己《ちき》と会い、夕食をともにした。ただし、気候は温暖だったが、帰り道の長さを考えて、夕食のあとの仲間との語らいは早めに切りあげた。召使いとして、フェルナオという地元の男を雇った。にこりともしない無愛想な男だったが、ドラゴンを恐れることはなく、そこにうまい朝食と軽食を用意してくれた。

テメレアは暑い日中を飛行練習のほかはほとんど眠って過ごし、日が陰るころになると、ふたたび起き出した。ローレンスは眠りにつく前、ランタンの明かりでテメレアに本を読み聞かせてやった。ローレンス自身はそれほど読書家ではなかったが、テメレアの書物への耽溺《たんでき》ぶりには伝染性があった。ローレンス自身は鉱物にさしたる興味はないが、数々の貴石とその採掘法が詳しく書かれた本を見つけると、テメレアがどんなに喜ぶだろうと想像するだけでわくわくした。こんな生活を自分が送ることになるとは想像もしていなかったが、これまでのところ、自分の境遇の変化から現実的な不都合が生じたという実感はない。そして、テメレアがますます離れがたい相棒になっていく。

街のコーヒーショップに立ち寄り、エドワード卿に宛てて、現在の状況を説明し訪問の許しを請《こ》う手紙を書いた。それをポルト・モニースに届けるように使い走りの少年に託し、速達料金として半クラウン銀貨を上乗せした。もちろん、テメレアに乗って飛んでいけばすぐだろうが、なんの約束もせず、いきなりドラゴンで乗りつけるのは気が進まない。まだ時間はある。ジブラルタルから新しい赴任先について連絡が来るまで、あと一週間はかかるだろう。それまでは、とりあえず自由の身でいられるのだから。

だが、ふと明日がマデイラ島にドラゴン便がやってくる日だと気づき、放り出していたある用件がまた心にのしかかってきた。そう、父に手紙を書かなければならない。この境遇の変化を、誰かからのまた聞きで、あるいは官報に載る通知で、父が知るようなことは避けたかった。ローレンスはコーヒーのお代わりを注文し、半ば義務感から、もう一通の手紙に取りかかった。

いったい、どう書けばいいのだろう。アレンデール卿はけっして甘い父親ではなく、いつも息子に厳しかった。ローレンスが聖職者の道を選ばないのなら、彼にとって許容できる選択肢は英国陸軍か海軍しかありえなかった。航空隊などもってのほか。父にとっては商人になるのと同じくらい考えられないことであり、ぜったいに賛成も承認もしないはずだった。父ならば、ドラゴンの孵化に関わらないことが、艦長たるおまえの務めだったと言うことだろう。

母親の反応を思うと、さらに気持ちが沈んだ。愛情深い母だけに、息子のために嘆《なげ》き悲しむことだろう。母はレディ・ガルマンと親しくしているから、手紙の内容はいずれその令嬢、イーディスの耳にも届く。しかし母やイーディスを安心させるような書き方をすると、父をひどく怒らせることにもなりかねない。そこで不満のたぐいはいっさい出さず、率直に事実だけを述べる堅苦しい手紙をしたためた。いたしかたない。不満を残したまま手紙に封をして、自分の手で速達用のポストに入れた。

これで気の重い仕事が片づいた。ローレンスはコーヒーショップを出て、島のホテルに向かった。きょうはそこにライリーやギブズなど海軍の仲間を招いて、感謝の食事をふるまうことになっている。午後二時前だったので、まだ街の商店は開いていた。家族やイーディスの反応を思って沈んでしまった気持ちを晴らそうと、店のウインドーを眺めながら歩くうち、一軒の質屋の前で足が止まった。

ウインドーにやたらと重そうな金の鎖が飾ってあった。女性が身につけるものではなさそうだが、男性の装身具にしては華やかすぎる。平らな金の鎖から、金の小さな円盤と小粒の真珠が交互にぶらさがっている。この金の重みと真珠の数からすると、相当な値がついているにちがいない。おそらく自分に払える額ではない。艦長を辞めて先々に拿捕賞金を期待できなくなったいま、出費はできるかぎり抑えようと思っていたが、値段を訊くだけならと、店に足を踏み入れた。案の定、それはとても高価な品だった。

「ではお客様、こちらの鎖はいかがでしょう」質屋の店主が別の鎖を出してきた。ウインドーにあった鎖と同じように見えるが、小さな円盤が付いておらず、鎖そのものもいくぶん細い。値段もおよそ半額——それでもまだ高かった。しかし結局は買ってしまい、あとになっていささか愚かしいことをしたような気分になった。

その夜、ローレンスは街で買った鎖をテメレアに贈った。竜の子は大喜びし、鎖をつかみ、もう手放そうとはしなかった。ローレンスが本を読み聞かせているあいだも、蠟燭《ろうそく》の明かりで飽くことなく見つめ、さまざまな角度に返して金と真珠に映りこむ光にうっとりしていた。眠るときも爪にからませたままだった。翌朝、空を飛ぶときも手放したくなさそうなので、ローレンスはそれをハーネスに留め付けてやった。

ローレンスにはテメレアのそんな執着《しゅうちゃく》がうれしかった。さらにうれしいことに、朝の飛行から戻ると、エドワード卿から訪問を歓迎するという手紙が届いていた。野原に着地するや、フェルナオがその手紙を持ってきた。ローレンスは声に出して読んだ。エドワード卿は、ポルト・モニースの天然プールのある海岸にいるので、いつでも好きなときに来ればいいと言っていた。

「ぼく、疲れてない」ローレンスと同じくらい自分の種について関心のあるテメレアが言った。「すぐに行こうよ、あなたさえよければ」

テメレアには近頃ますます持久力がついてきた。もし必要なら、途中で休憩してもいいだろう。ローレンスは着替えもせず、ふたたびテメレアにまたがった。テメレアはいつになく勢いをつけて、島の上空をぐんぐんと飛んだ。ローレンスは首をすくめて風圧に目をすぼめた。

一時間もかからず島の西北の海岸に着き、らせんを描きながらゆっくりと地上におりた。海水浴客と露天商たちがわらわらと逃げていくなか、岩の多い海岸に着地した。ローレンスは逃げる人々を悲しい気分で見つめた。ハーネスを装着されたドラゴンなら人を襲うことなどないのに、彼らはそんなことも知らないのだ。こうなってしまうのは、テメレアのせいじゃない……。テメレアの首を軽く叩き、両脚の留め具をはずして地上におりた。「エドワード卿がおられるかどうか確かめてくるよ。ここで待っててくれ」

「わかった」テメレアは上《うわ》の空だった。すでに心は海岸の岩場のプールに引き寄せられている。そこには大きくて深い天然のプールがいくつもあり、澄んだ水をたたえ、ところどころに奇妙な形の岩が突き出ていた。

エドワード卿はすぐにわかった。人々が逃げてくるのに気づき、彼だけが群衆とは逆方向に歩いてきたからだ。ローレンスは、まだわずかな距離しか歩いていなかった。礼儀正しく握手と挨拶を交わしたが、双方とも早く本題に入りたくてうずうずしていた。ローレンスがテメレアのところへ戻ろうと提案すると、エドワード卿は一も二もなく賛成した。

「なんとも珍しい、よい名前ですなあ」道すがら、エドワード卿がなにげなく口にした言葉に、ローレンスは海の生活を思い出し、少し胸が痛んだ。「ふつうは、ラテン語からとった古代ローマ風の大仰《おおぎょう》な名前をつけるようです。ドラゴンにハーネスを装着する飛行士は、たいていはあなたよりずっと若い。自分を大きく見せたがるのでしょうな。小型のウィンチェスターに、インペラトリウス〔ラテン語で「皇帝の」という形容詞〕ときた。ばかばかしいったら。ときにローレンス、あなたは彼に泳ぎを教えたのですか?」

驚いたローレンスは、テメレアのほうを見た。ちょっと目を離している隙に、竜の子は海に入っていた。ばしゃばしゃと水を掻きながら、ローレンスのほうに近づいてくる。「いいえ。あんなふうに泳ぐのをはじめて見ました。どうして沈まないんでしょう? おーい、テメレア、水から出るんだ」少し不安になって叫んだ。

エドワード卿は、海岸に泳ぎついて岩場をよじのぼってくるテメレアを興味深げに観察した。「不思議なものですな。おそらく、ドラゴンに飛行能力をもたらす体内の浮き袋が、水中においても浮力を与えているのでしょう。彼の場合、海で育ったために、水を怖がることもない」

竜の体内に浮き袋があるという話は、ローレンスにとってまったく新しい情報だった。もっと知りたいと思ったが、テメレアがそばにやってきたので、新たな質問は控えることにした。「テメレア、こちらのお方がエドワード・ハウ卿だ」

「はじめまして」テメレアは、エドワード卿と同じくらい興味しんしんのまなざしを彼に返した。「お会いできてうれしいです。あなたには、ぼくの種がわかりますか？」

エドワード卿は率直な問いかけに動じることもなく、うなずいてみせた。「わかるといいね。水際のところまで行ってくれるかな？　そう、あの木のあたりまで。翼を広げて、全体をよく見せてくれ」

テメレアはすぐに歩きだした。エドワード卿がその動きをじっと見る。「ふうむ、一般的な種ではなさそうだ。あのしっぽ……。ローレンス、きみはあの竜の卵をブラジルで見つけたのですか？」

「残念ながら、卵の出所についてはよくわかりません」ローレンスは、テメレアのしっぽを見つめながら言った。素人目には、ごくふつうの竜のしっぽに見える。テメレアはしっぽを地面につけないで歩くので、足の運びに合わせてしっぽが左右に揺れた。「彼は、フランス艦を拿捕したときの戦利品です。その艦がリオを通過したことは確かです。水樽に付いた印《しるし》から、最後に寄港したのがリオだとわかりました。ですが、それ以上のことはつかめません。航海日誌は、われわれが乗りこんだとき、海に投げ捨てられてしまいました。艦長は当然ながら完黙しており、卵をどこで見つけたかについて、いっさい口を割りません。しかし、そう遠くから来たわけではないでしょう。あのフランス艦に航海できる長さからすれば」

「いやいや、それがむずかしいところなのです」エドワード卿が言う。「十年かけて卵のなかで成育する種もありますからね。まあ平均は、孵化まで二十か月」

そのとき、先を歩いているテメレアが翼を広げた。両翼からまだ水がしたたっていた。「どうです？」ローレンスは期待をこめて尋ねた。

「ああ、ローレンス。なんとなんと、あの翼は……」エドワード卿は声をあげるのと同時に走りだしていた。ローレンスはあわてて追いかけ、ドラゴンのすぐそばまで来た。エドワード卿は翼を形づくる六本の骨のひとつにそっと触れ、食い入るように見つめた。テメレアは首だけもたげてそのようすを眺めたが、首以外は動かさずにじっとしていた。翼をいじられても不快ではないようだ。

「見覚えがあるのですか？」ローレンスはためらいがちに、相当な衝撃を受けているようすのエドワード卿に尋ねた。

「見覚えがある？　いやいやいや、この目で見るのははじめてです。この種を実際に見たことのある人間は、ヨーロッパでも三人いるかいないかでしょう……。しかし、この竜の子がロンドン王立協会に報告する価値のある稀少種であることは、間違いありません。一目瞭然《いちもくりょうぜん》です」エドワード卿が答えた。「そう、この翼。かぎ爪の数。血統については詳しくわからないが、彼はまぎれもなく、中国産インペリアル種。ああ、ローレンス！　あなたは、すごいものを手に入れた！」

ローレンスは、テメレアの翼を見つめたまま言葉を失った。その扇形の形状を、それぞれの足にある五本のかぎ爪を、珍しいものだなどとは考えたことがなかった。

「インペリアル……？」エドワード卿にだまされているのではないかとさえ思えて、曖昧《あいまい》なうすら笑いが浮かんだ。ローマ人がヨーロッパの野生ドラゴンを飼い慣らす以前から、中国ではドラゴンの品種改良が行われていた。その歴史は何千年にもわたり、知識や技法は門外不出とされ、二流種の成竜ですら国外に出されることはめったにない。にもかかわらず、フランス軍が、たかだか三十六門フリゲート艦で、中国産インペリアル種のドラゴンの卵を運んでいた？　そんなおかしな話があるだろうか。

「良い種なの？」テメレアが尋ねた。「ぼく、火を噴ける？」

「最高の種だよ、坊や。きみより稀少で価値のある中国種は、〝天の使い《セレスチャル》〟しかいない。もしもきみがセレスチャルだったら、中国は、きみにハーネスを装着したわが英国に、戦争を仕掛けてくるだろう。だから、われわれは、きみがセレスチャルでなかったことを喜ばなければならない」エドワード卿は言った。「断定はできないが、きみは火を噴かない種と見ていいだろう。中国では、知的で品格あるドラゴンが珍重されてきた。完全に制空権を掌握《しょうあく》した国ゆえに、品種改良において火噴きのような攻撃能力は二の次にされた。ただし、日本のドラゴンは、そんなオリエント種のなかでも特殊な戦闘能力を持つ異質な存在だ」

「ふふん」テメレアはむっつりとしている。

「ふてくされるなよ、テメレア。これは、誰もが仰天するすごいニュースだ」ローレンスはようやく、エドワード卿の言うことを信じてもいいという気になってきた。ただ冗談ではないとわかっても、「ほんとう、なんですね?」と確認せずにはいられなかった。

「むろん」翼の観察を再開したエドワード卿が言う。「この繊細な薄膜《はくまく》。ムラのない体色。眼の色と翼の斑紋《はんもん》の組み合わせの妙。もっと早く中国種だと気づくべきだった。野生種であるとは、まず考えられない。ヨーロッパ種でもインカ種でもない。それに」と、つづける。「泳ぎがうまい。わたしの記憶が確かなら、これも中国種の特徴だ」

「インペリアル……」ローレンスは驚きに打たれてつぶやき、テメレアの脇腹を撫でた。「なんてことだ。信じられません。フランスは、所有する全艦隊の半数を投入して、あの卵を守るべきだった。それかいっそ、竜の担い手をひとりだけ卵のもとへ派遣すべきだった」

「自分たちがなにを運んでいるか、わかっていなかったのかもしれませんね」エドワード卿が言った。「中国種の卵は、見た目だけでは判別がむずかしい厄介なしろものとして有名です。特徴と言えば、上等の磁器のような質感を持つくらい……。ときに、ローレンス、卵の殻は取っておきましたか？」期待のこもったまなざしがローレンスに注がれた。

「いいえ、わたしは。でも、乗組員の幾人かがかけらを持っているはずです」ローレンスは言った。「彼らに訊いてみましょう。あなたには深く感謝しています」

「いやいや、感謝したいのはこちらです。インペリアル種を直《じか》に見ることができた。そのうえ、言葉まで交わした！」エドワード卿はそう言って、テメレアにうなずいてみせた。「その点で、わたしは選ばれた稀少な英国人です。そうだ、フランスの探検家、ラ・ペルーズ伯爵も航海記に書いておられた。朝鮮半島でインペリアル種に出会い、話をしたと。確か、その地の王様の宮廷で」

「それ、読んでみたい」テメレアが言った。「ローレンス、その本を手に入れられる?」

「そうだな、調べてみよう」ローレンスは言った。「ところで、エドワード卿。わたしがドラゴンについて学べるような書物を教えていただけませんか。テメレアの種の行動や習性について、もっと知りたいのです」

「残念ながら、それを記した書物はそう多くありません。むしろあなたがいずれ、ヨーロッパでいちばん詳しい専門家になりますよ」エドワード卿が言った。「だが、本のリストはお渡しできますよ。何冊かは、お貸しすることもできます。ラ・ペルーズ伯爵の航海記もあります。テメレアがここで待っていられるようなら、わたしのホテルまで取りにきませんか。彼もいっしょだと、村が大騒ぎになりそうだから」

「かまわないよ。ぼく、もう一度、泳いでくるから」テメレアが言った。

エドワード卿とお茶を飲み、何冊も本を借りたあと、ローレンスは村の羊飼いから一頭の羊を買いとることができた。これでフンシャルに戻る前に、テメレアに食事を与えられる。しかし、羊を海岸まで引っ張っていこうとすると、羊は激しく鳴きだし、ドラゴンの姿がまだ見えないうちから激しく抵抗した。そこでしかたなく肩に担ぐと、羊は最後の復讐《ふくしゅう》とばかりにローレンスの服に脱糞《だっぷん》した。

待ちかまえていたテメレアの前に、ローレンスは羊をどさりと落とした。竜の子がそれをたいらげているあいだに、海水で服を洗い、太陽で温まった岩の上に干した。そのあとは、テメレアといっしょに泳いだ。ローレンスは水泳がさほど得意ではなかったが、テメレアにつかまれば、竜が泳ぐのにちょうどよい深さのところでも平気で泳ぐことができた。水と戯《たわむ》れるテメレアの喜びがしだいに伝染し、ローレンスもしまいには竜の子に水を浴びせたり、水に潜って竜の腹の下をくぐったりして遊んだ。

海水はほどよく温かく、休憩するのにうってつけの岩がいくつも海面に突き出ていた。そのなかにはテメレアとローレンスがいっしょに休める大きな岩もあった。数時間後、海岸に戻ったときには、日が沈みはじめていた。ローレンスは海水浴客たちが逃げてしまったことにいくぶん疚《やま》しさを感じつつも、少年のようにはしゃぐ恥ずかしい姿を見られずにすんだことをありがたく思った。

背中に西日を浴びながら、テメレアに乗ってふたたび島を斜めに横切り、フンシャルを目指した。人も竜も満ち足りた気持ちだった。貴重な本はオイルスキンにくるみ、ハーネスにくくりつけてある。「今夜、ラ・ペルーズ伯爵の航海記を読んであげよう」ローレンスがそう語りかけたとき、前方からラッパを鳴らすような大きな雄叫《おたけ》びが聞こえた。

テメレアがびくっと反応し、束の間、宙でホバリングしながら、いくぶんためらいながら吼《ほ》え返した。ふたたび飛びはじめると、ローレンスにも雄叫びの正体が見えてきた。腹に白い斑《まだら》があり、両翼にも白い筋の入った、淡い灰色のドラゴンが、高い空の雲間を飛んでいる。まだかなりの距離があった。

だが、灰色のドラゴンは急速に高度をさげ、みるみる近づいてきた。近づいてみると、まだ成長しきっていないテメレアよりも小さなドラゴンだとわかった。ただし、その竜は一度の羽ばたきで、テメレアよりもはるかに長い距離を滑空《かっくう》する。飛行士はドラゴンの体色と同じ灰色の革の飛行服を着て、厚いフードをかぶっていた。彼はフードの留め具をはずし、後ろに押しやって言った。「英国航空隊逓信使《ていしんし》のキャプテン・ジェームズ。竜はヴォラティルス」好奇心を隠すこともなく、ローレンスをじろじろと見た。

ローレンスはためらった。返事を求められているのはわかるが、どう名乗ればいいかわからない。まだ正式に海軍から離れていないし、航空隊に籍を置いたわけでもない。「英国海軍、キャプテン・ローレンス」と、少し迷ってから答えた。「竜はテメレア。現在の所属はなし。あなたは、フンシャルまで？」

「海軍ですか？　ええ、フンシャルまで。どうやら、あなたもそのようですね」ローレンスの返事を聞いたとたん、人のよさそうな面長《おもなが》のジェームズが、眉間《みけん》をかすかに寄せた。「その竜の子は何歳です？　どこで手に入れたんです？」

ローレンスが答える前にテメレアが言った。「卵から孵って三週間と五日。ローレンスが戦いでぼくを勝ちとったんだ」それから相手のドラゴンに話しかける。「きみは、どうやってジェームズと出会ったの？」

ヴォラティルスが白みがかったブルーの眼を大きく見開き、よく通る声で叫んだ。

「卵っ！　卵から出てきたよ！」

「ふふん？」テメレアは曖昧に返すと、ローレンスのほうに首をめぐらし、あきれたという顔をした。ローレンスはすかさず首を振り、テメレアにそれ以上しゃべらせないようにした。

「話は地上におりてからにしませんか」ローレンスはジェームズに言った。自分だったら他人からはあまり言われたくないような、いささか強引な誘い方になった。「テメレアとわたしは、街のはずれにいます。いっしょに来ますか？　それとも、あなたについて発着場まで行きましょうか？」

テメレアをほれぼれと見つめていたジェームズが、前よりいくぶん親近感のこもった口調で言った。「じゃ、あなたについていきましょう。発着場に着いたら、荷物の山が待ってます。話なんてできやしませんよ」

「わかりました。街の南西にある野原を宿営にしています」ローレンスは言った。「テメレア、先導を頼む」

灰色のドラゴンはなんなくテメレアの後ろについてきたが、ローレンスには、テメレアが彼とスピードを競い、なんとか引き離したがっているのがわかった。ヴォラティルスは明らかに品種改良によって生まれた種だ。スピードを追求し、成功した。英国の繁殖家は、限られた血統から特別に秀《ひい》でた能力を持つ交配種をつくりだすのがうまい。ただし、ヴォラティルスの種の場合、スピードを優先する過程で、知性は犠牲にされたのかもしれない。

二頭のドラゴンがおり立つと、テメレアの今夜の夕食となるはずの牛の群れから不安そうな鳴き声があがった。「テメレア、彼にやさしくな」ローレンスは小声で言った。「話がうまく通じないドラゴンもいる。人間だってそうだろ。ほら、リライアント号のビル・スワロー……」

「ふふん、わかった」テメレアが同じように低い声で返した。「気をつけるよ。彼、ぼくの牛を気に入ってくれるかな？」

「あなたのドラゴンに食事はいかがですか？」ローレンスは、地上におりたジェームズに尋ねた。「テメレアはきょうの昼にも食べていますから、一頭お分けできますよ」

「おお、それはご親切に」ジェームズが打ち解けた表情を見せ、いとおしげにヴォラティルスの首を撫でた。「きっと気に入るぞ、おまえの胃袋は底なしだからなあ」

「牛っ！」ヴォラティルスが、眼をくりくりさせて牛囲いを見つめた。

「あっちに行って、いっしょに食べよう」テメレアは小柄な灰色ドラゴンに向かって言うと、後ろ足立ちになり、囲いのなかから二頭の牛をつかんだ。それをきれいな草地まで運び、地面におろす。手招きされたヴォラティルスは、喜んでとことこ走っていった。

「あなたも、あのドラゴンも、とても心が広い」そう言うジェームズを、ローレンスは家に招き入れた。「あんなふうに食事を分け与える大型種をはじめて見ましたよ。どんな血統ですか?」

「わたしは専門家ではないので、どんな血筋かはわかりません。でも、エドワード・ハウ卿から聞いたばかりなのですが、インペリアル種だそうです」ローレンスはいくぶんとまどいながら言った。自慢に聞こえやしないだろうか。しかし、これは事実なのだから、ずっと黙っているわけにもいかない。

それを聞いたジェームズが家の入口でよろけ、あやうくフェルナオとぶつかりそうになった。「おお、それはそれは」体勢を立て直し、革の上着を脱ぎながら言う。「それにしても、どうやって彼を見つけたんです? どうして、あなたが彼にハーネスを装着することに?」

人の家に招かれてこんなふうに質問を浴びせるのは、ローレンスには考えられないことだった。だが、この状況では尋ねたくなるジェームズの気持ちもわかる。ローレンスは、礼儀作法への評価はおもてに出さず、「喜んでお答えしましょう」と答え、ジェームズを居間に案内しながらつづけた。「むしろ、わたしのほうが、あなたの助言をうかがいたいくらいだ。わたしが今後どうすべきかを。お茶はいかがですか？」

「ええと、もしあるなら、コーヒーのほうがいいな」ジェームズはそう言うと、一脚の椅子を暖炉のそばに引き寄せた。そこに腰掛け、大きく伸びをし、片脚だけ肘掛けにのせる。「ほう、これはたまらん。なにしろ、七時間も飛びつづけていましたから」

「七時間？　それはたいへんですね」ローレンスは驚いて言った。「そんなに飛びつづけることができるのですね」

「なんの。十四時間ぶっつづけで飛んだこともありますよ」と、ジェームズ。「でも、あなたのドラゴンにはやらせないほうがいい。ヴォリーは天候に恵まれれば、一時間に一度の羽ばたきで飛べるんです」大きなあくびをして、「いや、冗談ではなく、ほんとに。海洋の上空には大きな風の流れがありますからね」

フェルナオがコーヒーと紅茶を運んできた。それぞれのカップに飲み物が注がれると、ローレンスは、テメレアの卵の獲得とハーネスの装着について、ジェームズに語りはじめた。ジェームズは熱心に耳を傾けながら、五杯のコーヒーを飲み、ふた皿のサンドイッチをたいらげた。

「……というわけで、わたしはどっちつかずの状態なんです。クロフト提督は、ジブラルタルの英国航空隊に、わたしの処遇について問い合わせる書状を速達で送ることにした。おそらく、あなたがそれをジブラルタルまで届けることになるのでしょう。わたしとしては、ドラゴンと実際に関わる人から、なにか意見が聞ければありがたいのです」

「そりゃ、尋ねる相手がちがいます」ジェームズが、六杯目のコーヒーを口に運びながら快活に答えた。「はじめて聞く話ばかりですから、訓練を前にしたあなたに助言などできません。わたしは十二歳のときから逓信部の仕事に就き、十四歳から逓信使としてヴォリーに乗ってきた。あなたとは任務がちがう。あなたは、あのすごい竜に乗って、大きな戦役に赴くことになるのでしょう。おっと」と、言ってつづける。「あなたを待たせるようなことになっては困る。仕事に戻ります。発着場まで急いでいきますよ。なあに、提督の書状は、ひと晩でジブラルタルまで届けてみせます。明日の夕食前に航空隊のお偉いキャップたちがあなたを訪ねてきたって、驚かないでくださいよ」

「失礼、航空隊のお偉い……?」ローレンスは聞き返さなくてはならなかった。コーヒーをがぶ飲みしたせいなのか、ジェームズの話し方がいっそうざっくばらんになっている。

「キャップ、先任空佐《キャプテン》のことですよ」ジェームズはにやりと笑い、肘掛けから片脚をおろして、よっこらしょと立ちあがった。そして、いきなり姿勢を正した。「あなたも、彼らのような飛行士になられるお方だ。失礼、そんな人と話していることをすっかり忘れてしまって」

「いいえ、そんなお気遣《きづか》いはなく」そうは言ったが、ローレンスは心のなかで、ジェームズがもう少し頻繁《ひんぱん》にそれを思い出してくれたらいいのだが、と思った。「それにしても、ひと晩じゅう飛びつづけるのですか？」

「もちろん。この気候なら、飛べますとも。コーヒーのおかげで元気を回復しました。牛一頭のおかげで、ヴォリーは中国までだって飛んでいけますよ。ジブラルタルに着いたら、ぐっすり眠りゃあいいんだ。さあ、仕事だ、仕事」ジェームズはそう言うと、居間を出て、自分のコートをつかみ、口笛を吹きながら玄関扉まで歩いた。ローレンスはあわててジェームズを追いかけた。

ヴォリーが羽ばたきながらの跳躍を二回しただけでジェームズに近づき、牛と〝テメレー〟のことを興奮してしゃべりはじめた。ジェームズがヴォリーをぽんぽんと叩き、その背にまたがる。「ありがとう。あなたがジブラルタルで訓練を受けることになったら、きっとまた会えますね」ジェームズが手を振り、灰色ドラゴンが激しく羽ばたいた。こうしてヴォラティルスはあっという間に黄昏《たそがれ》の雲間に消えた。

「彼、牛を食べられて喜んでた」ローレンスの後ろから彼らを見送っていたテメレアが言った。

テメレアの気の乗らないしゃべり方にローレンスは声をあげて笑い、手を伸ばして竜の首をさすった。「はじめてのドラゴンとの出会いにしては、ちょっとがっかりしたかもしれないね。だけど彼は、ジェームズとともに、クロフト提督の書状をジブラルタルまで届けてくれるんだ。それにいつかは、気の合うドラゴンときっと友だちになれるさ」

ジェームズはヴォリーの速力をけっして誇張していたわけではなかった。翌日の午後、ローレンスが街に出ると、港を大きな影が横切った。見あげると、赤と金色の巨大な竜が上空を飛んでいた。街はずれの発着場に着陸するようだ。なにか知らせが届くにちがいないと、すぐにコメンダブル号に向かった。すると道半ばで、ひとりの海尉候補生が息を切らして走ってきて、クロフト提督が呼んでいると告げた。

コメンダブル号に着くと、クロフト提督の特別室で、ふたりの飛行士が待っていた。ひとりは、険しい顔つきをした長身痩軀《そうく》の男、キャプテン・ポートランド。海亀のような鼻のせいもあり、彼自身がドラゴンのようだ。もうひとりは、二十歳そこそこの若者、デイズ空尉だ。後ろで結んで長く垂らした髪は淡い赤毛で、眉の色もやはり淡く、どことなく冷ややかな印象を与える。ふたりの立ち居ふるまいは、飛行士がみなそうであるという噂どおり超然として、逓信使のジェームズのような打ち解けたところがなかった。

「さて、ローレンス、幸運な男よ」堅苦しい紹介のあと、クロフト提督が切り出した。「きみは、リライアント号に戻れることになった」

飛行士になる覚悟を固めていたローレンスは、この言い渡しに面食らった。「失礼、どういうことでしょう?」

ポートランドが、クロフト提督にあからさまな侮蔑《ぶべつ》のまなざしを向けた。確かに、〝幸運な〟というのはよけいだったのかもしれない。「あなたは英国航空隊のためにみごとな働きをしてくれた」ポートランドはローレンスのほうを向くと、にこりともせずに言った。「しかし、もう充分です。ここにいるデイズ空尉が、あなたと交替することになりました」

ローレンスが困惑してデイズのほうを見やると、挑戦的なまなざしが返ってきた。

「失礼ながら」ローレンスはおもむろに切り出した。時間を稼ぎながら、頭のなかでなんとか考えをまとめようとする。「わたしは誤解していたのでしょうか？　竜の担い手は交替がきかないものだと認識していました。孵化に立ち合った者でなければならないと」

「一般的には、あなたの言うとおりです。そして、もちろん、それが望ましい」と、ポートランドが言った。「しかしながら、人間より寿命の長いドラゴンもいる。病気や負傷で担い手を失った場合、われわれは新しい担い手を受け入れるようドラゴンを説得してきました。成功率は五割以上。デイズ空尉の若さは、テメレアに」――その名を口にするとき、かすかな嫌悪が漂った――「交替を受け入れさせるのに有利に働くことでしょう」

「わかりました」ローレンスはそう返すだけでせいいっぱいだった。三週間前に聞いていたなら大喜びだった知らせが、いまは心を曇らせる。

「むろん、あなたには感謝します」ポートランドが言った。少しは情味のある態度を示しておこうと考えたのかもしれない。「しかし、訓練を積んだ飛行士の手にゆだねたほうが、あのドラゴンのためにもいい。それに、あなたを失うことは海軍にとっても損失だ。己れの任務にかくも忠実な艦長の替わりをそう簡単には見つけられないでしょう」

「ありがたきお言葉」ローレンスは儀礼的に返し、一礼した。とってつけたようなお世辞だったが、それ以外にポートランドの言ったことは本音であり、なおかつ理にかなっているように思われた。テメレアは訓練を積んだ飛行士の手にゆだねたほうがいいのかもしれない。ほんものの船乗りが正しく船を動かすように、ほんものの飛行士がテメレアをきちんと育ててあげるだろう。テメレアがローレンスのもとに来たのは、まったくの偶然からだ。しかしいまは、テメレアが尋常《じんじょう》ではない力を秘めていることが予見できる。だとしたら、その力に匹敵するだけの技能を持つパートナーがテメレアには必要だ。「もしそれが可能であるなら、専門技能を身につけた人が担い手になったほうがいいのでしょう。わたしはどんな任務にも喜んで服します。ミスタ・デイズ、テメレアのところへ案内しましょうか?」

「けっこう。その必要はない！」デイズは語気鋭く言い放ち、ポートランドからじろりとにらまれた。

ポートランドの返事は、デイズよりは丁重だった。「いや、心配ご無用。むしろ、竜の担い手が死んだときのように対処したいのです。ドラゴンが新しい担い手に馴《な》れるように考案された一連の手続きに、できるかぎり添ってやってみましょう。あなたはもう、あのドラゴンに会わないほうがいい」

強烈な一撃だった。ローレンスは言い返しそうになった言葉をやっとのことで呑みこみ、ただ一礼した。それが交替を容易にするなら、遠ざかっているのが自分の務めだ。それでも、テメレアと二度と会えないと考えるとつらかった。さよならも言えない。最後にやさしい言葉をかけてやることもできない。まるで捨て去るように残していくことになる。コメンダブル号を出ると、悲しみの雲が心にのしかかり、夕方になっても去っていかなかった。ライリーとウェルズと夕食をとる約束があったので、彼らの待つホテルの談話室に行き、無理にほほえんで言った。「わたしはどうやら、リライアント号から放り出されずにすんだようだぞ」

ふたりは驚いたものの、すぐに大喜びで祝福し、ローレンスの解放を祝って乾杯した。「こんなにうれしい知らせは久しぶりです」ライリーがグラスを掲げて言った。「あなたの健康に乾杯」これで艦長への昇進が見送りになるとわかっていながら、ライリーが心から復帰を喜んでくれることに、ローレンスは胸が熱くなった。ふたりの偽《いつわ》りのない友情が、ほんの、ほんの少しだけ悲しみを取り払ってくれた。そのおかげで、なんとか返礼の乾杯を返すことができた。

「それにしても、航空隊は妙なことをするものですね」と、ウェルズが言った。ローレンスが会談のようすを手短に説明したしばらくあとだった。「ほとんど侮辱ですよ。海軍のこともばかにしている。まるで海軍士官じゃあ役に立たないって言っているようなもんです」

「いや、そうじゃない」ウェルズの解釈は間違っていないと内心思いながらも、ローレンスは言った。「彼らはテメレアのことを案じているんだ。もちろん、航空隊のことも。訓練を積んでいないやつが貴重なドラゴンの背に乗るのを喜べというほうが無理というものだ。さしずめ、陸軍士官に一等級艦の指揮をまかせるようなものだな」

自分の言っていることは間違っていない、とローレンスは思った。しかしだからといって、慰めになるわけでもなかった。友との語らいやおいしい食事のかいもなく、夜が更けるほどに、別れの悲しみがつのっていった。テメレアと夜のひとときを過ごすのが、すでに習慣になっていた。テメレアに本を読み、テメレアと語り、テメレアの横で眠りにつく。その習慣が突然断ち切られてしまうのが、つらかった。その気持ちを隠しきれていないことは、ローレンスにもわかっていた。ライリーとウェルズが心配そうにちらちらとローレンスを見やり、友の沈黙を埋めるようによくしゃべった。だが、幸福をよそおうことなどできなかった。以前は、これが求めてやまない結末だったというのに……。

やがてデザートを無理して口に運んでいるとき、ひとりの少年が手紙を持って入ってきた。キャプテン・ポートランドからで、ローレンスに帰宅するよう切羽詰《せっぱ》まったようすで記してあった。ローレンスはすぐに立ちあがり、友への説明もそこそこに、預けたコートが出てくる間も惜《お》しみ、通りに飛び出した。マデイラ島の夜は温かく、コートがなくても気にならなかった。数分間の早足だけで体が温まり、家に帰り着くころには首のクラヴァットをほどく充分な理由になるほど、汗をかいていた。

家の明かりが灯《とも》っていた。野原に近いのでなにかと便利だろうと、ポートランドにこの家をそっくり明け渡していたのだ。フェルナオが戸口でローレンスを出迎えた。なかに入ると、デイズがテーブルに突っ伏し、頭をかかえこんでいた。周囲には航空隊の制服を着た数人の青年がいる。ポートランドは暖炉《だんろ》のそばに立ち、厳しい表情でこの事態を見つめていた。

「いったいなにが?」ローレンスは尋ねた。「テメレアが病気に?」

「いいや」ポートランドがずばりと言った。「ドラゴンが交替を拒否しました」

デイズが突然椅子から立ちあがり、ローレンスに歩み寄って、声を張りあげた。

「いまいましい! インペリアルが、なんの技能もない、クソ海軍のとんまの手に――」だが、それ以上の暴言を吐く前に、仲間から抑えつけられた。

ローレンスはそれでも我慢がならず、剣の柄《つか》を握って、怒りの声をあげた。「許せん。決着を付けようじゃないか」

「やめろ。航空隊で、決闘は禁じられている」ポートランドが言った。「アンドルーズ、デイズをベッドに寝かせて、アヘンチンキを与えてやれ」デイズの左腕をつかんでいる青年がうなずいた。かくしてデイズ空尉は三人の男に引きずられ、もがきながら退場し、部屋にはローレンスとポートランドが残った。フェルナオがポートワインのデカンタをのせたトレーを持ったまま、この事態にも眉ひとつ動かさず部屋の隅に立っていた。

ローレンスはポートランドのほうに向き直った。「あのような妄言《もうげん》を黙認するわけにはいきません」

「飛行士の命は本人だけのものではない。ゆえに無為に命を賭《と》すような決闘は、航空隊では厳しく禁じられています」

ポートランドの二度の繰り返しが軍規の重さを物語っていた。ローレンスも、その正しさを認めるしかなかった。こうしてこぶしは徐々にゆるんだが、怒りはなおもくすぶり、頬はまだ熱を持っていた。「ならば、彼は謝罪すべきです。わたしに、そして海軍に。あまりに侮辱的な発言でした」

「では尋ねるが、あなたは飛行士に対する、あるいは航空隊に対する、同じように侮辱的な発言を一度もしたことがないし、聞いたこともないと言えるだろうか?」

ポートランドの声にこもる苦々しさに、ローレンスは思わず沈黙した。侮辱的な発言が飛行士たちの耳に入り、彼らが怒りを搔き立てているということに、いままで想像が働かなかった。だがいまようやく、彼らの敵意がなぜかくも荒々しくなるのか、理解できたような気がする。どんなに侮辱を受けても、彼らは航空隊の軍規ゆえに、決闘に持ちこむことができないのだ。「キャプテン・ポートランド」ローレンスはようやく気を静め、努めておだやかに言った。「もし、わたしがそんな侮辱を耳にすることがあったとしても、わたしはそれに加担していませんし、可能なかぎり厳しく反論していたと思います。もちろん、これからもそうありたい。国王陛下のいかなる軍隊に対しても、それを軽んじるような発言は聞きたくありませんから」

今度はポートランドが沈黙し、やがて重い口を開いて言った。「わたしは、あなたを不当に責めたようですね。申し訳なかった。デイズも冷静に返ったら、あなたに謝るでしょう。いつもは、あそこまで言う男ではないが、きょうは、あまりにも苦い落胆を味わったばかりなので……」

「あなたのお話から、それが賭けだということはわかっていました。彼はあまりに期待しすぎたのでしょう。卵の孵化に立ち合うというのならいざ知らず」

「デイズは、その賭けを引き受けました」ポートランドが言った。「彼は、これまで何度も昇進のチャンスを逃してきた。そして、この先チャンスはめぐってきそうにない。もちろん戦闘で功を立てれば別だが、その可能性は薄いでしょう」

つまりデイズは、リライアント号の先の航海で、トム・ライリーと同じ立場に置かれていたということか。いや、英国にドラゴンが不足している状況を考慮すれば、あのときのライリーよりもさらに昇進の望みは薄い。侮辱を許せるわけではないが、少なくともデイズの気持ちは前よりも理解でき、彼が哀《あわ》れに思えてきた。そう、結局、彼はまだおとなになりきれない若造だ。「わかりました。あなたの謝罪をありがたく受け入れます」ローレンスはそう言えるまでには気持ちがやわらいでいた。

ポートランドが安堵の表情を見せた。「そうか、よかった。では、そろそろテメレアのところへ行って、話をしてやってください。あなたを恋しがっているでしょう。彼は担い手の交替を拒絶しました。それは明日、話しましょう。あなたの寝室は使わずにそのままにしてあります。今夜はそこで眠ればいい」

ローレンスには、テメレアと再開する前に、いささか心の準備が必要だった。しばらくのち、野原に足を踏み出した。空に半月が出ていた。やがて月影に浮かぶテメレアの巨体が見えてきた。じっとうずくまり、前足のかぎ爪に引っかけた金の鎖を撫でている。「テメレア……」ローレンスは宿営のゲートに近づき、名前を呼んだ。テメレアが大きな頭をはっともたげた。

「ローレンス?」声に心細さがにじみ、なんとも痛々しかった。

「ああ、そうだ、わたしだ」ローレンスは足を速め、しまいには走りだしていた。そばに駆け寄ると、テメレアは甘える猫のような低い音を発しながら、ローレンスを両翼で包み、体をこすりつけてきた。ローレンスはなめらかな竜の鼻を撫でた。

「あなたはドラゴンが好きじゃないんだって。ローレンスは軍艦に戻りたいんだって」テメレアが低い声で話しだす。「仕事だから、ぼくと空を飛んでただけだって」

ローレンスは、怒りのあまり呼吸が荒くなった。もしデイズが目の前にいたら、殴りかかっていただろう。「あいつは嘘つきなんだよ、テメレア」憤怒《ふんぬ》で喉がせばまり、息が詰まった。

「うん、そうだと思った。でも、嘘だとわかってても、聞くのはいやなものだよ。あいつは、ぼくの金の鎖を持っていこうとした。すごく腹が立った。いつまでもそばにまとわりつくから、ぼく、追い返してやった。でも、あなたは来なかった。どこかへ連れ去られてしまったのかと思った。どこへ行けばあなたを見つけられるか、わからなくて……」

ローレンスは身を傾け、温かくてつややかな体にそっと頬を寄せた。「すまない、謝るよ。きみに近づかないことがきみのためだと説得された。だから、あいつに試させることにしたんだ。でも、その前に、あいつがどんなやつかを見抜くべきだった」

テメレアはしばらく黙っていた。竜と人間とのあいだにやすらかな沈黙の時が流れた。やがてテメレアは言った。「ローレンス、ぼく、艦《ふね》に乗るには、大きくなりすぎちゃったかな」

「うむ。ちょっとね。ドラゴン輸送艦なら別だろうけど」ローレンスは、問いかけの真意を量りかねて、首をもたげた。

「あなたが、リライアント号に戻りたいのなら」と、テメレアは言った。「ほかの誰かがぼくに乗ってもいいんだ。もちろん、あいつはいやだよ。あいつは嘘つきだからね。だけど、ぼく、あなたを無理に引き止めたくないんだよ」

ローレンスはしばらく身動きせずに立っていた。両手はまだテメレアの頭にあった。竜の温かな息がまとわりついてくる。「いや、そうじゃないんだ」ついに低い声で告げた。なにがあっても、これだけは真実だと、はっきりわかる。「わたしは、きみといっしょにいたいんだ——どんな立派な軍艦に乗るよりも、きみといっしょにいるほうがいいんだ」

第二部

4 ロッホ・ラガンへの旅

「だめよ、それじゃ。もっと胸を張って。ほら、こんな感じに」レティフィカトが、尻を地面についたまま前足を持ちあげ、手本を示した。赤と金の腹を持つドラゴンが大きく息を吸いこむと、巨大な胸の厚みが増した。

テメレアが、その動きをまねた。だが、レティフィカトほどかっこよく胸はふくらまない。テメレアの体には、このリーガル・コッパー種の雌ドラゴンのような鮮《あざ》やかな模様がない。体の大きさも、せいぜい彼女の五分の一といったところだ。それでも、吸った息を吐きながら、今度は前よりも大きく吼《ほ》えることができた。「ふふん、これだな」とうれしそうに言い、前足を地面におろす。囲いのなかの牛たちが怯えて、走りまわった。

「ずいぶん、よくなったわ」レティフィカトが、やるじゃない、と言うようにテメレアの背中を小突いた。「食事の前にいつも練習しなさい。肺が大きくなるから」

「あなたもご承知のとおり、現況を考えれば、われわれは一刻も早く。テメレアを戦力に組み入れなければなりません」キャプテン・ポートランドが、ローレンスのほうを向いて言った。ふたりは、牛囲いのそばに立っていたが、ドラゴンたちの凄惨《せいさん》な食事の場所からはいくぶん距離をあけている。「現在、ナポレオンのドラゴンは、おもにライン川沿いに配備されています。そして、ナポレオン自身は、イタリアを攻めるのに忙しい。一方、英国海軍は、フランスのトゥーロン軍港を海上封鎖し、それによってフランス艦隊の出撃をかろうじて食い止めてきた。しかし、ナポレオンが大陸においてある程度の態勢を固め、フランス空軍に余裕が生まれたら、おそらくはドラゴン部隊をトゥーロンに差し向けることでしょう。そうなったら、トゥーロン沖の海上封鎖はお手上げです。わが英国にはドラゴンが不足していて、地中海方面まで手が回らない。よってネルソン提督の艦隊にドラゴンの援護はつけられず、結局は、トゥーロン沖からの撤退を余技なくされます。となれば、ヴィルヌーヴ率いる敵艦隊が、トゥーロン軍港を出てイギリス海峡に迫るのは時間の問題です」

ローレンスは苦々しい思いでうなずいた。ナポレオン・ボナパルトの不穏な動きについては、リライアント号がマデイラ島に入港してからも、頻繁に聞いていた。「ネルソン提督は、フランス艦隊を港からおびき出して戦おうというお考えでした。しかし敵のヴィルヌーヴとて、海戦経験は足りないが、ばかではない。おいそれと安全な軍港から出てこようとはしない。目下のところ、空からの攻撃以外に、ヴィルヌーヴ艦隊を港から引きずり出す手段はないと聞いています」

「つまりそれは、引きずり出す望みがないということだ——わが航空隊にはトゥーロンに投入できる戦力がないのだから」と、ポートランドが返す。「本国師団には二頭のロングウィングがいます。あの二頭なら、トゥーロン攻撃をみごとにやってのけるにちがいない。が、あの二頭をいま動かすわけにはいかない。本国の守りを手薄にしたら、ナポレオンはすぐにもイギリス海峡の英国艦隊に襲いかかります」

「ロングウィング種でなくとも、ドラゴンによる爆弾投下で、打撃を与えられるのでは？」

「距離があると、正確な着弾は望めない。トゥーロン軍港には対空毒入り榴弾《りゅうだん》砲が配備されている。そんな要塞《ようさい》に自分の竜を近づけたいと思う飛行士はいないでしょう」ポートランドは首を振った。「ただし、目下訓練中の若いロングウィングが一頭いる。もしテメレアの戦闘能力が向上し、体も成長すれば、その若いロングウィングと協力することで、現在イギリス海峡を守っている二頭のロングウィング種、エクシディウムかモルティフェルスか、どちらかの役割を引き継ぐことができるだろう。そうすれば、どちらかをトゥーロンへの攻撃に派遣できる。彼らは一頭でも充分な働きを見せてくれるはずです」

「テメレアは期待に応えて全力を尽くすと思います」ローレンスは、囲いのなかで二頭目の牛に取りかかろうとしているテメレアのほうを見た。「わたしも同じ覚悟です。もちろん、自分がここにいるのを望まれない男だとは承知していますし、重大な任務に就くのが訓練を積んだ飛行士であったほうがいいという考えに異存はありません。しかし、これまでの海軍での経験がまったく役立たないとも思えないのです」

ポートランドがため息をつき、地面を見おろした。「ううむ、いやはや」奇妙な反応だった。怒っているようにも、なにかを案じているようにも見えなかった。しばらく沈黙したのち、ポートランドは言った。「あなたが飛行士でないのは、いたしかたないことだ。ただ、それが単に技能や知識の問題なら、厄介なことはなにもない。しかし――」また、口をつぐんでしまう。

だがその声の調子から、ローレンスにはポートランドが自分の勇気を問うているわけではないのがわかった。今朝の彼は、きのうよりも友好的だった。一見きわめて排他的に見える飛行士たちも、仲間に招き入れた人間には態度を改めるのかもしれない。ローレンスは、ポートランドの言葉を批判的なものとはとらえなかった。「なにか厄介なことと考えておられるのですね？　わたしには、想像しかねるのですが」

「うむ、あなたにはそうでしょう」ポートランドの口は重かった。「まあ、取り越し苦労をしてもはじまりません。航空隊があなたを送り出す先が、ロッホ・ラガンだとはかぎりませんからね。わたしは先のことを心配しすぎるきらいがある。重要なのは、あなたとテメレアが一刻も早く、訓練のために本国に帰り着くことです。そうすれば、航空隊司令部があなたたちにとって最善の決定を下すことでしょう」

「しかし、テメレアは、ここから英国まで休憩地もなく飛べるでしょうか」ローレンスは、テメレアのことが不安で話題を変えた。「一千マイル以上の距離があるはずです。テメレアは、マデイラ島の端から端まで以上の距離を、つづけて飛んだことがありません」

「二千マイル近くありますね。もちろん、そんな遠距離を飛ぶような危険なまねはさせません。ノヴァスコシアからやってきた輸送艦がある。三日前、数頭のドラゴンをわれわれの師団に送りこんできた艦です。その空きを利用しましょう。いまなら輸送艦まで百マイルも離れていない。われわれがそこまであなたたちを送り届けます。テメレアが疲れたときには、わがレティフィカトが支えになって、ひと休みさせることができます」

ローレンスは、その提案を聞いてほっとした。結局、不安から逃れるには、自分が知識を蓄えるしかない。ポートランドが不安を打ち消してくれなければ、なおも心配しつづけていたはずだった。輸送艦までの百マイルは、ちょっとした距離だ。テメレアにとっては、三時間か、あるいはそれ以上……。でも、きっとなんとかなるだろう。エドワード卿を訪ねた日は、島を横断するおよそ三倍くらいの距離を飛んだが、テメレアは少しも疲れたようすを見せなかった。

「出発はいつになりますか」ローレンスは尋ねた。

「早ければ早いほどいい。輸送艦はどんどん遠ざかっていきますから」ポートランドが言った。「三十分で用意できますか?」

ローレンスはポートランドを見つめ返した。「はい。自分の所持品をリライアント号にまかせてしまえるなら、おそらくは——」

「なぜ、そんなことを？　所持品は全部持っていってかまいませんよ」ポートランドが言った。「わがレティフィカトがなんでも運びます。テメレアを荷物の重みで押しつぶすわけにはいきませんから」

「その……まだ荷物をまとめていなくて。これまでは潮《しお》を待つのが習いでした。航空隊では、少し急ぐことを覚えたほうがよさそうですね」

ポートランドは不可解そうな顔をした。だが、二十分後、ローレンスの部屋へやってきた彼は、海軍時代の衣類箱《シーチェスト》にまだ半分しか荷が詰められていないのを見て、あきれ顔になった。箱の上部のあきに二枚の毛布を詰めようとしていたローレンスは手を止め、ポートランドを見あげた。「なにか問題でも？」レティフィカトを苦しめるほど衣類箱は大きくないはずだった。

「あなたには、もっと時間が必要でしたね。いつもこんなに丁寧に荷づくりするんですか？　あとの荷物はいくつかの袋に放りこんでしまったらどうです？　竜から袋をぶらさげればそれですむ」

ローレンスは思わず返しそうになった言葉を呑みこんだ。なぜ飛行士たちがいつもしわくちゃの服を着ているのか、これでわかった。服のしわは高度な飛行技術と関係があるのかと勝手に思っていたが、そうではなかったのだ。「いえ、だいじょうぶです。ほかの所持品は、フェルナオがリライアント号に運んでくれます。わたしは、これに詰めたものだけで充分です」そう言うと、毛布を衣類箱に突っこみ、蓋を閉じ、手早く鍵をかけた。「準備完了。これからはあなたの仰《おお》せのとおりに」

ポートランドが空尉候補生をふたり呼んで、衣類箱を運ばせた。あとにつづいて家から出たローレンスは、テメレアとともに、航空隊の積みこみ作業をはじめて見ることになった。レティフィカトが四肢を地面につけて踏ん張り、士官見習いたちが立ち働いている。竜の脇腹をのぼりおりする者もいれば、腹にぶらさがる者、背中をよじのぼる者もいる。彼らは帆布製のふたつの収納テントを、ひとつは竜の背に、もうひとつを腹部に取り付けていた。収納テントはいびつな長方形で、細くしなやかな何本もの金属支柱によってふくらみをもたせてある。風の抵抗を減らすためなのか、前部はゆるやかに傾斜し、側面と後部は網状になっている。

士官見習いたちは全員、十二歳以下に見えた。空尉候補生たちには、海軍の海尉候補生と同じように、年齢のばらつきがあった。空尉候補生のなかでも年長らしき四人が、厚い革でくるまれた重そうな太い鎖をよろめきながら引きずり出し、レティフィカトの前に置いた。竜はそれを自分で持ちあげ、収納テントよりも首に近い肩にかけ、鎖の両端を左右に垂らした。士官見習いたちがただちにその鎖を、細い鎖や留め具でハーネスに固定する。

竜の肩にかかる太い鎖を利用して、ハンモック状に編まれた鎖のネットが竜の腹側に装着された。ローレンスは、自分の衣類箱がその鎖のネットに投げこまれるのを見た。衣類箱だけでなく、数多くの鞄《かばん》や袋がつぎつぎに放りこまれていく。荷物を積みこむ荒っぽさとでたらめぶりに、ローレンスは仰天した。慎重に荷詰めしておいて正解だった。移動中に衣類箱が何度ひっくり返されようが、あれなら中身がぐちゃぐちゃにならずにすむだろう。

荷積みが終わると、荷の上に厚い革と毛布の覆いがかけられた。鎖のネットの開口部が引きあげられて、ハーネスに留められる。できるだけ横幅を広げて竜の腹に添わせているのは、荷の重さを分散させる工夫だろう。それでもローレンスとしては、この作業に満足できない点が多々あり、テメレアに同じ装備をするときがきたら、自分なりの工夫をしてみようと考えた。

ただし、航空隊の出発準備は、その迅速さにおいては海軍に優《まさ》っていた。開始から終了までおよそ十五分。短時間のうちに簡単な移動用の軽装備が完了した。レティフィカトが後ろ足立ちになり、さっと翼を広げ、数回羽ばたいてみせた。ローレンスがよろめくほどの風が起こったが、装着された器具や荷物に問題はなかった。

「準備万端異常なし!」レティフィカトがそう言って前足をおろすと、地面に衝撃が伝わった。

「見張り、乗りこめ!」ポートランドが命令し、四人の士官見習いが竜にのぼった。四人は、竜の肩と尻のそれぞれの上下に分かれ、体をハーネスに固定した。「つぎ、背側乗組員《トップマン》と腹側乗組員《ベルマン》」八名の空尉候補生から成るふたつのグループが、上下のテントに乗りこんだ。ローレンスはいまさらながら、帆布製テントの大きさに驚いた。レティフィカトの巨体に装着されているから、実際よりも小さく見えてしまうのだ。

そのあとは、荷づくりのあいだ銃器を点検し装備していた十二名の射撃手《ライフルマン》が乗りこんだ。その一団を率いるのが、あのデイズ空尉だということに、ローレンスは気づいた。あわただしい準備のなかで、デイズからまだ謝罪がないことを忘れていた。だがこの先長く、彼と会うことはないだろう。それが最善なのかもしれない。テメレアから話を聞いてしまうと、たとえ謝罪されても、彼を許せるかどうかわからなくなった。

彼を呼びとめても、よけいにこじれるだけにちがいない。

射撃手たちが乗りこむのを見とどけたポートランドが、レティフィカトのまわりを一周した。「けっこう。地上クルーも乗りこめ」数人の男たちが搭乗し、竜の腹部に体を固定した。そして、最後がポートランドだった。このときだけ、レティフィカトが前足を使って彼を持ちあげた。ポートランドは士官見習いに劣らぬ身軽さで竜の背を移動して点検をつづけ、最後に首の付け根の定位置に腰をおろした。「準備完了。キャプテン・ローレンス、あなたは?」

ローレンスははっとした。作業を夢中で見守っていたので、まだ地上に突っ立ったままだった。後ろを見やり、テメレアによじのぼろうとした。すると、テメレアがレティフィカトをまねて、ローレンスをそっとつかみ、自分の背に運んだ。ローレンスは心のなかでにやりとし、竜の首をやさしく叩いた。「ありがとう、テメレア」ポートランドは、諸手《もろて》をあげて賛成というわけでもないらしいが、このぐらいの移動ならいまの間に合わせのハーネスでもだいじょうぶだと保証した。「準備完了です」ローレンスはポートランドに叫んだ。

「では、出発。テメレアを先に。高度を上げたあとは、こちらが先導する」

ローレンスはうなずいた。テメレアがぐっと力をためて、一気に舞いあがった。たちまち、見慣れた地上の風景が眼下に遠ざかった。

英国航空隊司令部は、ロンドンにほど近いチャタムの南東の郊外にあった。ロンドンにある海軍省や陸軍省とは日常的に行き来できる距離だ。ドーヴァーに輸送艦で着いたあとは、チャタムまで一時間ほどの楽な飛行だった。地上にはローレンスにとってはなつかしい緑の野が、ゆるやかな起伏を描きながら、チェス盤のように広がっていた。夕焼けの彼方に、いくつもの尖塔《せんとう》を頂くロンドンとおぼしき街がぼんやりと見えた。

ドラゴンを駆る逓信使が、ローレンスとテメレアが到着する日を、先に本国に知らせているはずだった。しかし、航空隊司令部から呼び出されたのは到着から一日あけた朝だった。そのうえ、ボーイス空将の執務室の前で二時間近く待たされた。ようやくドアが開いて、なかへ足を踏み入れたとき、ローレンスは、ボーイス空将と彼の執務机のかたわらにすわるボーデン空将を交互に見つめずにはいられなかった。正確な内容までは聞き取れなかったが、ふたりが議論する大声が廊下まで聞こえていたのだ。

ボーデンは紅潮した顔を不機嫌そうにしかめていた。

「ふむ、キャプテン・ローレンス、入りたまえ」ボーイスがまるまるした指で指図した。「テメレアはなんともみごとなドラゴンだな。今朝、食事をしているところを見た。もう九トンくらいはあるだろう。きみはよくやってくれた。生後二週間は魚を食べさせていたそうじゃないか。輸送中もそうだったのか？　すばらしい。実にすばらしい。ドラゴンの食糧について、検討し直す必要があるかもしれない」

「もういいだろう。それはいま話すことじゃない」ボーデンが苛《いら》ついて口をはさんだ。

ボーイスがボーデンをじろりとにらんだあと、いささか親身すぎるとも思える口調でつづけた。「ともかく、テメレアはもう訓練に入っていいだろう。もちろん、きみのほうも一人前にするよう、われわれは全力を尽くす。きみの地位は保証しよう。竜の担い手であるきみには、空佐《キャプテン》として軍務についてもらう。まあ、それまでには、いろいろとたいへんなこともあるだろう。十年間の訓練期間を要する技能が、そう簡単に身につくはずはないからな」

ローレンスは一礼した。「テメレアとわたしを、なんなりとお使いください」そうは言ったが、どうにもすっきりしないのは、先に会ったポートランドと同様、このふたりの空将からも、航空隊での訓練について語るのを渋るような奇妙な気兼ねが感じられることだった。訓練には、なにか外部に洩らせない秘密があるのだろうか。輸送艦に乗っていた二週間、それについて考えてみたが、思いつくのはいやなことばかりだった。飛行士を目指す者は、まだ人格形成もされていない七歳という幼い年頃に、家族から引き離されて、航空隊に入る。そんな少年ならどうにか耐えられるが、すでに成長した男には受け入れがたいなにかが待ち受けているのだろうか。そして、現役の飛行士たちはみな、その訓練を経験したうえで、必要なものと見なしているのだろうか。みながこの問題に関して奥歯にものがはさまったような言い方をするのは、そうとしか考えられなかった。

さらなるポーイスの発言に、ローレンスはぎくりとした。「さて、航空隊司令部は、きみたちをロッホ・ラガンへ送ることにした」その名は、ポートランドから聞いて以来、ずっと心に引っかかっていた。「ロッホ・ラガン基地こそ、きみたちが訓練を受けるのにふさわしい場所だ。一日も早く任務に就けるようになってほしい。今年の夏までに、テメレアは激しい戦闘をこなせるほどの大きさに育っているだろう」

「恐縮ながら、その場所をよく知らないのです。スコットランドにあるのですか？」

ローレンスは尋ねた。ポーイスがすべてを明かしてくれるといいのだが……。

「そうだ。インヴァネスシアにある、航空隊の秘密基地のひとつだ。集中的に訓練を行うなら、そこが最適だろう。外にいるグリーン空尉が道を教えてくれる。道中、一晩を過ごせる基地もある。なんの問題もない」

明らかに退出を促されていた。これ以上の質問は受けつけないということだ。「では、グリーン空尉と話すことにします」ローレンスは、ひと呼吸置いて言った。「もし差し支えなければ、ノッティンガムシアにある実家にひと晩立ち寄ってもかまわないでしょうか。実家の敷地にはテメレアがいられるだけの場所がありますし、鹿を食べさせることもできます」ローレンスの両親はこの時期、田舎屋敷ではなく街で過ごすのが恒例だった。しかし、イーディスの両親、ガルマン夫妻は田舎にいることが多いから、もしかしたらイーディスにも会えるかもしれない。

「ああ、かまわないとも、一日ならば」ポーイスが言った。「長い休暇を与えられなくて申し訳なく思う。きみがそれを求めていることもわかっている。だが、いまは急がなければならない。たった一週間で、世界が激変するような情勢だからな」

「感謝します。おっしゃることはよく承知しています」ローレンスは一礼して部屋を出た。

グリーン空尉から詳細な地図をもとに説明を受けたのち、出発の準備を整えた。きのうドーヴァーに着いたとき、わずかな時間を見つけて軽い帽子箱をいくつか購入しておいた。その円筒形の形状がテメレアの体に負担をかけないだろうと思ったからだ。さっそく所持品を衣類箱からこの十数個の箱に移し替えた。婦人の帽子用につくられた箱をテメレアの体にくくりつけるなんて、いささか奇異な眺めかもしれない。そうは思ったが、実際に腹の下に並べて装着すると、竜の大きさに比べて箱が小さく目立たないことがわかり、してやったりという気分になった。

「快適だよ。あるってことも忘れるくらい」テメレアは、マデイラ島でレティフィカトがしたように、後ろ足立ちになって羽ばたき、荷物がうまくおさまっているかどうかを確認した。「あのテントみたいなのは、好きじゃないの？　あのなかに入れば、あなたは風をまともに受けなくてすむのに」

「あれの扱いがよくわからないんだ」ローレンスはテメレアの気遣いにほほえみで応えた。「でも、そのうちうまくやれるようになる。いまは支給された革製の上着で充分だ。これでもけっこう暖かい」

いつのまにか近くに来ていたボーデン空将が、会話に口をはさんだ。「ともあれ、正式なハーネスをつくるときまで待つことだな。テントを装着するには、テントをハーネスに固定するカラビナが必要だ。ローレンス、そろそろ出発か？」ボーデンはローレンスの横に立ち、わずかに身をかがめて竜の胸にくくりつけられた帽子箱を点検した。「ふむ、きみはわれわれのあらゆる慣習を自分に合わせて変える決意のようだな」

「いいえ、そんなつもりはありません」ローレンスは冷静に返した。いまこの男に盾突くのは得策ではない。ボーデンは上官であり、テメレアが今後どんな任務を負うかに関して発言権を持っている。「衣類箱では、テメレアに装着するのに形が不都合でした。短い時間のなかで、それに代わるものはこれしか見つからなかったのです」

「よかろう」ボーデンは言った。「早いとこ、衣類箱と同じように、海軍時代の考え方を早めに捨て去ることだな。ローレンス、きみはもう飛行士だ」

「ええ、そうありたいと願っています」ローレンスは言った。「しかし、これまでの習慣や考え方を捨て去る覚悟があるように見せかけることはできません。捨て去ろうとしたところで、それができるとも思えませんし」

幸いにもボーデンは怒りださなかったが、かぶりを振って言った。「ああ、できないだろうな。だが、わたしが言おうとしたのは――まあ、いい。ただ、これだけは言っておこう。航空隊に属さない人間に、訓練の詳細は洩らすな。われわれ英国航空隊が最高の成果をあげるためには、航空隊独自のやり方をとらせるのがよいというのが、国王陛下のお考えだ。われわれは門外漢の意見を受け入れるつもりはない。言いたいことは伝わったかな?」

「はい、しっかりと」ローレンスは苦々しい思いで答えた。ボーデンのいまの発言で、訓練にいだくいやな予感がほんものだと実証されたような気がした。しかし、なにかも煙《けむ》に巻かれているのは腹立たしい。「しかしできれば、教えていただけないものでしょうか」ボーデンの口から真相を引き出せないか、もう一度試してみることにした。「スコットランドの秘密基地こそ、わたしたちの訓練にふさわしい場所だということでしたね。では、そこでわたしを待ち受けるものとは、いったいなんなのでしょう?」

「きみは、そこへ行けと命令された。そこが最適だと言われた。それで充分だろう」

ボーデンが語気鋭く返した。が、ふいに態度をやわらげ、声の調子も落として付け加える。「ロッホ・ラガンのトレーニング・マスターは、不慣れな竜の担い手を短期間で成長させる方法をよくわきまえている」

「不慣れな?」ローレンスはぽかんとした。「飛行士になるには、七歳のときから訓練を受けなければならないのでは?」

「ああ、ふつうはそうだ。しかし、担い手になる資格もなく、いきなり担い手になってしまった者は、きみがはじめてじゃない。訓練が充分でないうちに、担い手になってしまう者もいる。孵化したばかりのドラゴンなんて、なにをしでかすか、わかったもんじゃないぞ。それでも、竜の子が選んだ者を、われわれは担い手として認めるしかないんだからな」ボーデンは突然、大声で笑いだした。「ドラゴンとは、まったく奇妙な生きものだな。まったく、わけがわからん。海軍のご仁を気に入るやつもいるんだからなあ」テメレアの脇腹をぽんと叩き、ボーデンは来たときと同じように、あっという間に立ち去った。別れの挨拶《あいさつ》もなかったが、どういうわけか前より機嫌がよくなったようだ。しかし、あとに残されたローレンスの当惑はますます深まった。

ノッティンガムシアへの飛行には数時間かかった。そのあいだ、ローレンスは、スコットランドで自分たちを待つものについて、いやでも考えた。ボーデンとポーイスとポートランドは、いったいなにを危惧《きぐ》していたのか。もし、ロッホ・ラガン基地で自分を待つものが、受け入れがたいものであったなら、いったいどうすればいいのか。

ローレンスは海軍時代に一度だけ、人間関係において過酷な経験をした。十七歳で新米海尉としてショアワイズ号に乗りこんだときだった。艦長バーストウはかなり年配で、海軍士官に紳士たることが求められなかった古い時代の遺物のような男だった。バーストウは、そこそこに裕福な商人と、そこそこに気立てのよい女性とのあいだに、非嫡出子として生まれた。そして少年時代に父親の船で海に出たとき、英国海軍の強制徴募に遭った。こうして平水兵となり、戦闘で勇猛に戦い、数学にも強かったので副航海長となり、そのうち海尉に昇進し、最後は幸運に後押しされて艦長の地位までのぼりつめた。しかし、そこまで出世しても、彼のなかには粗暴さが残っていた。

さらに悪いことに、バーストウは自身の品格の欠如を意識しており、自分の欠点をとりわけ強く意識させる者を憎悪した。彼がそうなってしまうことには、いくらかは同情の余地があった。バーストウに侮蔑《ぶべつ》のまなざしを向け、ひそひそと会話する士官たちが少なくなかったからだ。しかし彼はそんな連中のふるまいではなく、むしろローレンスの屈託ない友好的な態度のほうを自分への侮蔑と見なし、容赦なくいじめを繰り返すようになった。

もし航海三か月目にバーストウが肺炎で死ななかったら、ローレンスのほうが命を落としていたかもしれない。休みも入れず二回、三回と命じられる立ちっぱなしの当直がもたらす眩暈《めまい》、ビスケットと水だけの食事、艦のなかで最悪の、使えない砲手ばかりを部下に付けられる身の危険——バーストウの死によって、ローレンスはそのすべてから解放された。

当時を思い出すと、いまでも悪寒《おかん》が走る。あの手の男には二度と支配されたくない。航空隊が竜の子が認めた者なら誰でも受け入れるという由々《ゆゆ》しき話をボーデンから聞かされたとき、ローレンスは、これから出会うトレーナーや訓練生があのバーストウのような人物なのではないかと考えた。だがもう自分は十七歳の若造ではないし、あのときのような弱い立場でもない、と自分に言い聞かす。いまは守らなければならない、いずれはともに任務に就くことになるテメレアがいる。

手綱を握る手に思わず力が入ると、テメレアが振り返って尋ねた。「だいじょうぶ、ローレンス？　さっきからやけに静かだね」

「すまない。考えごとをしていた」テメレアの首をやさしく叩いた。「なんでもないよ。きみは疲れてないか？　少し休みをとろうか？」

「疲れてないよ。でも、あなたは正直に話してないね。気が鬱《ふさ》いでるのは声でわかるんだ。訓練を受けにいくのがいやなの？　それとも、海が恋しいとか？」

「きみに隠しごとはできないな」ローレンスは元気をよそおうのをやめて、正直に言った。「だけど、海に戻りたいわけじゃない。訓練のことがなんとなく心配なんだ。ポーイスとボーデンは曖昧なことしか言わなかった。スコットランドでなにが待ち受けているんだろう。それは、わたしときみに合うものだろうか」

「気に入らなかったら、出て行けばいいんじゃない？」

「そう簡単にはいかない。わたしたちは自由の身じゃないんだから、好き勝手にやるのは無理だ。わたしは国王陛下に仕える軍人、きみは国王陛下のドラゴン」

「ぼくは、会ったこともない王様の所有物じゃないよ。羊とはちがう」テメレアが言った。「もし誰かのものだとしたら、ぼくはあなたのものだ。そして、あなたはぼくのものだ。もし、あなたがいやな目に遭うなら、ぼくはスコットランドにいるつもりはないよ」

「ううむ」テメレアが過激ともとれる独立心を見せるのは、これがはじめてではなかった。その傾向は成長とともに強まり、彼の性格を形づくっていくように思われた。ローレンスは政治哲学に詳しいわけではない。自分が自明の理と考えることをテメレアにうまく説明する言葉が見つからず、情けない思いがした。「所有権がどうのという問題じゃないんだよ。わたしたちは国王陛下に忠誠を誓わなくちゃならない。それに……もし、国王陛下のお力がなければ、きみの大量の食事をまかなうこともできないんだぞ」

「確かに、牛はごちそうだね。だけど、魚を食べることになってもぜんぜんかまわない」テメレアは言った。「大きな船を手に入れたらいいんじゃない？　ほら、あの輸送艦みたいなやつを。あれで海に戻ろう」

ローレンスはその図を思い描き、声をあげて笑った。「海賊の王様になって、カリブ海を荒らしまわるつもりか？　スペイン商船を襲って、奪った金塊で離れ小島のねじろをいっぱいにするのかい？」

「わくわくするよ」テメレアも想像の翼を広げているにちがいなかった。「やらない？」

「無理だな、生まれるのが遅すぎた。いまの時代、ほんものの海賊なんて、もうどこにもいない。トルトゥーガ島に潜んでいた最後の海賊一味がスペイン人に火あぶりにされたのは前世紀のことだ。いまは、ごく小さなあぶれ者の海賊船か、ドラゴン乗りしかいない。むしろ、そういう連中のほうが、いつ大国の船に襲撃されるかわからない危険にさらされている。きみは気に入らないと思うな、私利私欲のために戦うことは。国王陛下と祖国のために戦うのとはぜんぜんちがう」

「守らなくちゃいけないの?」テメレアが地上を見おろしながら言う。「この国はとても平和に見えるよ、ぼくの目で見るかぎり」

「それは、わが英国軍がしっかりと国を守っているからさ。もし、みんなが任務を忘れたら、フランスはたちまちイギリス海峡を越えて、攻め入ってくるだろう。敵はすぐそこにいる。すぐ東に。ナポレオン・ボナパルトが十万の兵を率いて、チャンスを狙っているんだ。だからこそ、われわれは祖国のために己れの本分を果たさなくちゃならない。リライアント号のみんなだって同じだ。それぞれが自分の仕事をしなきゃ、艦が動かなくなる」

テメレアが低く抑えた声でなにかぶつぶつと言った。ローレンスにはそれが振動として体に伝わってきた。テメレアは飛行速度をわずかに落とし、しばらく滑空したのち、また羽ばたき、宙に弧を描くように上昇し、また滑空した。まるで同じ場所を行ったり来たりする人のようだ。やがてまた振り向いて言った。「ローレンス、ずっと考えてたんだけどね、ぼくたちがロッホ・ラガンに行かなくちゃならないのだとしたら、いまはどんな結論も出せないよ。そこでどんなことが起こるか、いまはまだわからないんだから。どうしたらいいかなんて考えようがない。だから行って確かめるまで、心配するのはやめたほうがいいと思うよ」

「ううむ、すばらしい助言だ。そうできるようがんばってみよう」ローレンスは少し間を置いて言い添えた。「だけど、できるかどうか自信がない。考えないでいるって、むずかしいことじゃないかい？」

「無敵艦隊の話をしてよ。フランシス・ドレーク提督と竜のコンフラグラティアがどうやってスペインの無敵艦隊を破ったか」

「またかい？」ローレンスは言った。「いいけど。きみはもう忘れてしまったのか？」

「覚えてるよ、完璧に」テメレアは誇らしげに言った。「でも、ぼくはあなたが話すのを聞くのが好きなんだ」

こうして、テメレアから何度もお気に入りの場面の再現をせがまれ、そこに登場するドラゴンや軍艦について学者でも答えられないような質問を浴びせられているうちに、ローレンスはいつしか心配するのを忘れていた。こうして時が流れ、ついにローレンスの一族の屋敷、ウラトンホールの窓々が夕日に輝くのが見えてきた。

テメレアは眼を大きく見開いて、屋敷の上空を旋回した。ローレンスも下をのぞきこみ、明かりのついている窓を数え、屋敷に大勢の客がいるのを知った。ロンドンで社交シーズンたけなわのいま、田舎屋敷のほうは空っぽだとばかり思っていた。しかし、ここまで来てテメレアの眠る場所をほかにさがすことはできない。「テメレア、あの納屋の向こうに、空っぽの牧草地があるはずだ。南東の方角……見えるかい？」

「見える。柵で囲ってあるところだね。あそこにおりるの？」

「そうだ。すまないけど、きみはあそこから動かないでくれ。馬小屋に近づくと、馬たちが大騒ぎになるから」

テメレアが着地すると、ローレンスは地上におりて、竜の鼻づらを撫でた。「家に両親がいるかもしれないから、話をしてくる。そしたら、食事を用意しよう。少し時間がかかるかもしれないよ」

「今夜はいらない、出発する前にたっぷり食べたから。それに、眠いや。朝になったら、あっちにいる鹿を何頭か食べることにする」テメレアが体を丸め、しっぽを巻きつけた。「あなたは家のなかにいたほうがいいね。ここはマディイラ島より寒いから。風邪を引かないようにしなくちゃ」

「生後六週間の生きものに気遣われるのは、妙な気分だな」ローレンスはなんだかおかしくなった。一方で、テメレアがまだ幼い竜だというのが信じられない気持ちもあった。テメレアは卵から出るなり、おとなになってしまったような気がしてならない。この世界のあらゆる知識を砂が水を吸うように学び、理解の足りない部分が驚くべき早さで消失していく。もはや保護しなければならない存在というより、親友のようだ。人生においていちばん心を許せる相手、なんの疑いもなく頼れる相棒。スコットランドで待ち受ける訓練に対する不安がやわらいだのも、テメレアのおかげだった。ローレンスは、すでにうとうとしはじめているテメレアを見つめながら思った。根拠のない恐れを掻き立てるバーストウのことは、記憶の底に沈めてしまおう。テメレアといっしょなら、どんなことにだって立ち向かえる……。

だが、家族にはひとりで立ち向かわなければならなかった。ローレンスは、馬小屋の横手から屋敷に向かった。空からここを見たとき最初に感じたことは正しかった。客間には煌々《こうこう》と明かりが灯り、多くの寝室にも蠟燭《ろうそく》の明かりが見えた。この時期にもかかわらず、どうやら屋敷では客を招いて宴が催《もよお》されている。

息子の帰宅を父に知らせるように従僕に言い、着替えをするために裏階段から自分の部屋にあがった。風呂に浸かりたかったが、すぐに下におりて挨拶するのが礼儀というものだ。洗面器の水で、顔と手を洗った。幸いにも、夜会に着られる服を持っていた。その航空隊の新しい制服を身につけ、鏡の前に立ってみると、奇妙な感じがした。暗緑色の上衣には、これまで艦長の肩章があった位置に、金色の線章が入っている。それはドーヴァーであつらえたもので、本来はほかの者のために仕立てられている途中だったのを、ローレンスが待っているあいだに急遽《きゅうきょ》仕立て直したのだった。

ローレンスが客間に足を踏み入れるや、にぎやかなおしゃべりの声がぴたりとやみ、低いささやきが彼を追いかけた。両親のまわりには十人以上の人だかりがあった。ローレンスに気づいて、母親がすぐに近づいてきた。平静だが、表情がいくぶんこわばっている。身をかがめて息子の頰にキスすると、彼女の緊張が伝わってきた。「突然、帰ってきてすみません」ローレンスは言った。「ここには誰もいないと思っていたんです。明日の朝にはスコットランドに発《た》ちます」

「まあ、残念なこと。短いあいだでも、会えてうれしいわ」母親が言った。「ところで、ミス・モンタギューにはお会いしたことがあって？」

客のおおかたは、ローレンスにはあまりなじみのない、両親の長年の友人だった。しかし予想どおり在郷の人々も交じっており、はたしてイーディス・ガルマンも彼女の両親とともにそこにいた。しかし、これを喜ぶべきなのか、悲しむべきなのか……。もちろん、喜ぶべきだろう。今夜を逃したら、この先いつ彼女に会えるかわからないのだから。しかし、ここではひそひそ話が交わされ、客たちのまなざしが落ちつかない気分にさせる。こんなふうに衆目《しゅうもく》にさらされたなかで、イーディスに再会するとは思ってもみなかった。

ローレンスはイーディスに近づき、ひざまずいて手にキスをした。彼女の表情からはどんな感情も読みとれなかった。もともと感情をあらわにするタイプではない。たとえローレンスの帰宅の知らせに驚いたとしても、すでに立ち直っているようだった。

「お目にかかれてうれしいわ、ウィル」イーディスらしい静かな口調で言った。少なくとも怒ったり取り乱したりしてはいないが、そこにはどんな温かみも見いだせなかった。

そのうえ、立ち入った話ができる状況でもなかった。すでにバートラム・ウールヴィーが彼女と会話しており、イーディスは彼女らしい躾《しつけ》のよさから、ローレンスとの挨拶がすむと、すぐに会話の相手のほうに向き直った。ウールヴィーはローレンスに黙礼を寄こしたが、その場所を明け渡す気はさらさらないようだ。ローレンスとウールヴィーの両親は同じような身分だが、ウールヴィーのほうは仕事に就く必要がない。彼は一家の跡取り息子で、政治の世界にはさしたる興味もなく、田舎で狩りをするか、街に出て高額なレートの賭けをするか、そのどちらかで日々を過ごしていた。退屈な会話の内容を聞くかぎり、ローレンスが友人になりたいと思うような男ではなかった。

いずれにせよ、ほかの客たちにも挨拶せねばならず、ローレンスは礼儀正しく人々のあいだをまわった。わざと落ちつき払ったようなまなざしで見つめられるのはつらかったし、心に影を落とすのは、会話の声に交じる非難ではなく、むしろ哀れみのほうだった。そしてついに、父親がカードゲームをしているテーブルまでやってきた。アレンデール卿は、ローレンスの航空隊の制服を受け入れがたいという表情で見つめただけで、息子と口をきこうとしなかった。

その一角に気詰まりな沈黙が流れた。救いの手を差し伸べたのは母親だった。別のテーブルでプレイヤーがひとり足りないので、そこに加わらないかと声をかけてきた。ローレンスはありがたくそのテーブルにつき、ゲームに意識を集中させようとした。テーブルのほかの三人は年配の紳士だった。ひとりはガルマン卿、あとのふたりは父親の政治仲間だ。三人はゲームに熱中し、儀礼的な会話を交わすだけで、事情を穿鑿《せんさく》してローレンスを悩ますようなことはなかった。

ローレンスはときどきイーディスのほうに視線を向けたが、会話の内容までは聞き取れなかった。ウールヴィーがあいかわらず彼女を独占していた。彼が身を傾けてイーディスに親密に話しかけるのを見ると、むしゃくしゃした。ガルマン卿が、ローレンスのせいでゲームの流れが滞《とどこお》っていると、やんわり注意した。ローレンスはあわてて同じテーブルの人々に謝り、また手もとのカードを見おろした。

「きみはロッホ・ラガンへ向かうのかね？」ゲームの流れが回復したところで、海軍将官のマッキノンが尋ねた。「子ども時代、あそこからそう遠くないところに住んでいた。友だちのひとりは、ラガン村のすぐそばに家があった。上空をドラゴンが飛んでいくのを、いっしょによく見たものだよ」

「ええ、そこで訓練を受けることになっています」ローレンスは手札を捨てながら言った。左手にいるヘール子爵の番となり、この回のガルマン卿の勝利が確定した。

「妙な土地だよ。村人の半分があの施設に働きにいく。地元民は山をのぼっていくのに、飛行士たちはまったくおりてこない。いやいや、ときどき酒場に女を見つけにきたもんだ。少なくとも、海よりは見つけやすいだろうよ、はっはは！」マッキノンはすぐに、同席するメンバーにはふさわしからぬ、品位を欠く発言をしたと気づいたらしい。振り返ってご婦人方に聞かれていないことを確かめ、すぐに話題を変えた。

イーディスを晩餐のテーブルに案内したのはウールヴィーだった。予告もなくあらわれたローレンスは、彼女から離れた席につくしかなかった。その席からは彼女とウールヴィーが退屈きわまりない会話をするようすが、いやでも見えた。ローレンスの左にすわったミス・モンタギューは美しい人だったが、ローレンスにはぶすっとして、もう一方の隣の紳士にばかり話しかけていた。大の博打《ばくち》好きと噂に聞く、ローレンスも名前ぐらいは知っている男だ。

ローレンスにとって女性からこんなふうに鼻であしらわれるのははじめての経験で

あり、けっして愉快な気分ではなかった。自分がもう理想の花婿候補でないことは承知していたが、実際ぞんざいにあしらわれると、かなりこたえた。ましてや、髪がもつれて顔がまだらに酒焼けした男より自分が劣ると見なされるのはショックだった。右隣のヘール子爵は食べることに集中していたので、ローレンスはほとんど誰とも会話せずに食事をつづけた。

困ったことに、気をまぎらわす会話がないので、いやでもウールヴィーの話が耳に入ってきた。ウールヴィーは、フランスの侵攻《しんこう》に対するイングランドの備えについて、思いこみに満ちた自説を滑稽なほど熱をこめて語っていた。たとえナポレオンが攻め入ってこようが、在郷軍が力を合わせれば、敵を懲《こ》らしめてやれる、というのが彼の主張だった。ローレンスはあきれた顔を見られないように皿に視線を落とした。十万の兵を自在に操る大陸の覇者《はしゃ》ナポレオンを、一般人から成る在郷軍が撃退するだって？　そんなばかな話があるものか。もちろん、戦局を正確に伝えず、市民の士気をひたすらあおりつづける軍部にも問題がある。しかし、この話に満足そうに聞き入るイーディスを見るのはたまらなく不愉快だった。

ローレンスには、イーディスがわざと顔をそむけ、視線を合わせるのを避けているように感じられた。そこで自分の皿に目を落とし、機械的に料理を口に運び、自分らしからぬことだと思いつつも沈黙しつづけた。晩餐は果てしなくつづいた。しかしありがたいことに父親は、女性たちが席を立ったあと、ほどなくテーブルを離れ、客間に戻っていった。ローレンスも母に対して旅の前なのでと言い訳し、早々に退席した。ところが自室の前まで来たとき、息せき切った従僕に捕まり、図書室で待っているという父からのメッセージを伝えられた。ローレンスはためらった。なにか理由をつけて、会うのを先に延ばそうか。しかし、避けられないことを先に延ばしたところで、なんの意味もない。そう思って図書室に向かったが、階段をのろのろと下り、片手をドアノブにかけたまま、しばしというよりは長い時間そこにとどまった。が、メイドが廊下を歩いてきたので、これ以上臆病者をやっているわけにはいかないと、ドアをあけ、図書室に入った。

「おまえは、なぜこのウラトンホールへ帰ってきた?」ローレンスがドアを閉めるや、アレンデール卿が、出迎えの言葉ひとつなく切り出した。「まったくわからん。いったい、なんのつもりだ?」

ローレンスは身がこわばるのを感じたが、平静を保って言った。「つぎの任地に向かう旅の途中に立ち寄ったまでです。あなたがおられるとは、ましてやお客を招いておられるとは、思ってもみませんでした。なんの知らせもなく来てしまったことは謝ります」

「なるほど。おまえは、わたしたちがロンドンにいると思っていた。そして、今回の一件も、世間をいっとき騒がせるだけで、すぐに忘れ去られるだろうと高を括《くく》っていた。そうじゃないか？ なにが、つぎの任地だ、まったく」新しい航空隊の制服に嫌悪のまなざしが注がれた。ローレンスは、まるで薄汚れた服を着ているかのような気分になった。少年時代、服を泥だらけにして庭遊びから戻ったときも、こんなふうにじろじろと見られたものだ。「非難する気にもなれん。わたしがどう考えるか、おまえにはわかっている。だが、わたしがどう考えようが、おまえは知ったことじゃない。いいか、これだけは守ってくれ。今後いっさい、この屋敷に近づくな。ロンドンの町屋敷にもだ。たとえ、おまえのけだものの世話に余裕が生まれて、都会に戻ってこられる長い休暇がとれたとしても」

父の前には、すべてを跳ね返す冷たい壁が築かれていた。ローレンスはふいに疲労感を覚えた。論じ合おうという気すら失《う》せていた。「わかりました」自分の声が遠くから聞こえる他人の声のようだった。「すぐに、ここを発ちます。それなら問題ないでしょう」テメレアは村の公有地で眠らせよう。村人たちを怯えさせてしまうかもしれないが、しかたがない。もしできるなら、明日の朝、村の羊を何頭か買えばいい。無理なら、テメレアを空腹のまま出発させるしかないが、きっとなんとかなる……。

「ばかを言うな」アレンデール卿が言った。「おまえを勘当《かんどう》するつもりなどない。おまえは勘当にも値《あたい》しない息子だ。だが、世間体というものがある。愁嘆場《しゅうたんば》を演じて世間を喜ばすのはまっぴらだ。いまおまえが言ったとおり、ひと晩明かしたら、出ていってくれ。それで充分だ。これ以上話すことはなにもない。もうさがってよろしい」

ローレンスは階段を足早にのぼった。自室のドアを後ろ手に閉めると、肩から重い荷をおろしたような気がした。風呂の準備を頼もうと思っていたのだが、もう誰とも――メイドとも従僕とも――口をききたくなかった。ただひとり、静寂のなかに浸っていたい。明日の早朝にはここを発つことを思い出し、それを慰《なぐさ》めとした。これ以上、晩餐の席で人々の視線に耐えなくてもいいのだ。田舎屋敷では午前十一時まで起床しない父とも、言葉を交わさずにすむだろう。

しばらく自分のベッドを見つめたあと、洋服だんすから古いフロックコートとすり切れたズボンを取り出し、着替えをして、外に出た。テメレアはすでに体を丸めて眠っていたが、ローレンスが近づくと、薄眼をあけて、片翼を持ちあげた。馬小屋から毛布を持ってきていた。ドラゴンの太い前足の上に横たわると、思っていたとおり温かくて快適だった。

「うまくいった?」テメレアが尋ねながら、もう一方の前足でローレンスを囲み、胸にさらに近づけて守るような姿勢をとった。翼が半分だけ開いて覆いの役目を果たしている。「なんだか悲しそうだね。すぐに出ていく?」

そそられる提案だった。しかし、あまり現実的とは言えない。テメレアとともに静かな夜を過ごして、夜が明けたら朝食をとろう。自分を恥じているかのように、こそこそと出ていきたくはない。「いや、いいんだ」ローレンスがやさしく撫でると、テメレアは開きかけていた翼をもとに戻した。「いま出ていく必要はない。父とちょっと話をしていただけさ」あとは言葉が出てこなかった。父との会見が、父の冷ややかな侮蔑が、まだ心から離れていかない。ローレンスは肩を丸めた。

「彼は、ぼくたちが来たことを怒ってるの?」

声を聞くだけで、すぐに事態を察して気遣ってくれる——テメレアのこの能力にどんなに癒《いや》されることだろう。ローレンスは気づくと心の内をテメレアに語りはじめていた。「まあ、そうだね。話をしていた、というより、言い合ったという感じかな。父は、兄と同じように、わたしが牧師になることを望んでいた。海軍士官は父にとってけっして誇れる職業じゃなかった」

「飛行士はもっとまずいってわけ?」テメレアがいくぶん神経を尖らせて尋ねた。「だから、あなたは海軍から抜けたくなかったの?」

「そうだな、父にしてみれば、飛行士はもっとまずい。でも、わたしはそうじゃない。大きな報いもあるからね」ローレンスは手を伸ばし、テメレアの鼻づらを撫でた。テメレアがうれしそうに押し返してきた。「父は、わたしに職業選択の自由を与えなかった。だから、わたしは少年時代に家出して、海軍に入隊した。父に支配されるのはまっぴらだった。わたしには自分の本分がわかっていたが、それは父が望むものとはちがっていた」

テメレアが鼻を鳴らす。冷気のなかで竜の息が白い水蒸気となった。「それにしても、あなたは家のなかで眠ることさえ許されなかったの?」

「いやいや」ローレンスは言った。ほんとうは、テメレアに慰めを求めて外に出てきた。そんな自分の弱さをためらいつつも告白した。「たぶん、きみといたかったのさ、ひとりで眠るよりね」

だがテメレアは、ローレンスが特別なことを言ったようには受けとめなかった。「外だって、暖かければいいんじゃない?」体の位置を調整し、ローレンスを風から守る囲いとなるように翼をさらに少しだけ前に押し出した。「申し分なく快適だよ。心配しなくていい」太くて頑丈《がんじょう》な前足の上で、ローレンスは大きな伸びをし、毛布を引きあげた。「おやすみ」ふいに疲れに襲われた。しかし、それは肉体の自然な疲労感だった。骨身にこたえるような疲れは、もうどこかに消え去っていた。

目覚めると、まだ夜明け前だった。テメレアの腹が大きな音をたて、竜もローレンスも同時に起きてしまった。「ああ、おなかすいた」テメレアは眼を輝かせて、大庭園のはるか彼方の塀《へい》ぞいに避難している鹿の群れを見やった。

ローレンスは地面におりて言った。「きみはここで朝食をとってくれ。わたしはなかで食べてくるから」テメレアの脇腹をぽんと叩いて、屋敷に向かった。人に見られたくない恰好《かっこう》だったが、早い時刻なので客たちはまだ眠っており、不面目《ふめんぼく》な思いをすることなく自室までたどり着けた。

召使いに荷づくりを頼み、手早く洗面し、飛行服を身につけた。急いで階下におりると、朝食の間《ま》ではメイドたちが料理の皿をサイドボードに並べていた。コーヒーのポットはすでにテーブルの上にある。先客がいないことを祈ったが、なんとイーディスがテーブルについていた。こんな早起きではなかったはずなのに……。

イーディスの表情は見たところはおだやかだった。装《よそお》いは完璧、ブロンドの髪はひとすじのほつれ毛もなく後ろで丸く結われていた。だが手だけは、彼女の意志を裏切るように膝をぎゅっと握りしめている。テーブルに料理はなく、紅茶のカップがあるだけで、それにも口は付けられていなかった。「おはよう」イーディスはつくったような明るい声で言い、召使いたちのほうをちらりと見た。「コーヒーはいかが?」

「ありがとう、もらうよ」ローレンスはそう答えるのがせいいっぱいだった。隣にすわると、イーディスがコーヒーを注いでくれた。砂糖がスプーン半杯にクリーム少々。ローレンスの好みどおりだった。ふたりは堅苦しく沈黙していた。ようやく召使いたちが準備を終えて、部屋から出ていった。

「あなたがここを発つ前に、話をしておきたかったの」最後の召使いが出ていくのを見とどけてから、イーディスはローレンスを見つめ、小声で言った。「残念だわ、ウィル。ほかに選択の道はなかったの?」

ハーネスを装着する役割を選びとったことについて言われているのだと気づくまで、しばらくかかった。訓練には不安を感じているが、自分の飛行士という立場を悪く思うことはいつしかなくなっていたのだ。「わたしには避けて通れない道だった」ローレンスは短く答えた。この選択について父からの批判には耐えられるとしても、イーディスから責められるのはつらい。

しかし彼女はうなずいただけだった。「この話を聞いたとき、きっとそうだろうって、すぐに思ったわ」顔がうつむき、それまで膝を握ったり放したりしていた両手が動きを止めた。

「どんなときも、きみを思う気持ちは変わらなかった」ローレンスは、これ以上待ってもイーディスはもうなにも言わないだろうと判断し、意を決して言った。彼女の温かみのない態度から返事は予測できていた。だが、彼女はなにも言わなかった。約束がちがうわ、とも、わたしに幕を引かせようとしているのね、とも。「もしきみの気持ちが変わったなら、そう言ってくれればいい。それなら、わたしはもう黙るから」なにも言おうとしない彼女に苛立ち、冷ややかな声になった。こんなプロポーズがあるだろうか。

イーディスがはっと息を吸い、かなりきつい口調で返した。「そんな言い方ってある？」

ローレンスは一瞬、希望が戻ってきたような気がした。が、イーディスはすぐにつづけて言った。「これまでわたしが欲得ずくだったことあった？　あなたが選んだ道を、危険で苦難に満ちているからと、批判したことがあった？　もちろん、牧師様になる道を選んでいたら、あなたはたくさんの収入を得ていたでしょうね。いまごろわたしたちは、ひとつ屋根の下で暮らし、子どもたちにも恵まれ、心やすらかに暮らしていたかもしれない。わたしは、海に出たあなたのことを心配しながら長い時を過ごさなくてもすんでいたかもしれない……」

イーディスは高い頬骨を赤く染め、早口でしゃべった。こんなに感情的になった彼女を見るのははじめてだった。イーディスの言うことはもっともだ。それは認めなければならない。ローレンスは、一瞬とはいえ彼女に苛立った自分を恥じた。彼女のほうへ手を伸ばしかけたところで、また話がはじまった。「わたしは不満を言わなかったわ。そうよね？　わたしは待ちつづけた、とても辛抱強く……。でも、わたしが待ちわびていたのは、孤独な人生なんかじゃないの。友人や家族たちから遠く隔《へだ》たった土地で暮らし、あなたからもろくに振り返られることのない人生ではなかった。それよりもっとよいもののはずだった。わたしの気持ちはずっと変わらなかった。だけど、愛さえあれば、どんな障害も乗り越えて幸せになれると信じるほど、わたしは無謀でも感傷的でもないのよ」

そこまで言うと、イーディスは押し黙った。「許してくれ」ローレンスは無念を噛みしめて言った。イーディスの言うことはすべて当たっている。いまは喜んで自分の愚かさを認めよう。「イーディス、申し訳ないことを言った。きみをつらい立場に置きつづけたことを、まず謝るべきだった」ローレンスは立ちあがり、頭をさげた。もう、ここにはいられない。「どうか許してくれ。心からきみの幸せを願うよ」

ところがイーディスも立ちあがり、かぶりを振った。「だめよ。あなたはここにすわって、ちゃんと朝食をとって。これから長旅なのでしょう？　わたしは、ちっともおなかがすいていないの。だから、わたしが出ていくわ」ローレンスに手を差し出し、かすかに震えながらほほえんだ。礼儀正しく別れの挨拶をしたいにちがいなかった。が、そんな彼女の固い意志も、最後の最後で崩れた。「お願い、わたしを悪く思わないで」低い声で言い残し、イーディスは足早にローレンスの前から去った。

そんなことは心配しなくていい、きみを悪く思うわけがないから……。ローレンスは胸の内でつぶやいた。一瞬とはいえ、彼女に冷ややかに接した自分が情けなかった。彼女の気持ちに応えられなかった自分を責めた。多額の持参金を用意できる貴族の娘と、家督を相続する可能性はきわめて低く、ただ将来に期待を託すしかない海軍士官。ローレンスは飛行士への道を選ぶことで、いっそう自分の立場を不安定にした。今回の件において、〝己れの本分〟に対するローレンスの解釈は、世間には受け入れがたいものであることもわかっていた。

イーディスは理性的だから、飛行士が与えられないものをあえて求めようとはしないだろう。そんな女性を妻にしたら、テメレアに関心と愛情を振り向けることだけを考えていられるかもしれない。だがそうなると、たまさか自由になれたとしても、妻に与えられるものは、もうほとんど残っていないのではないか……。彼女に結婚を申しこむのは、あまりに身勝手だった。それは、妻の幸福を夫の慰安のために犠牲にせよと求めることに等しかった。

食欲はまったくなかったが、道中で腹ごしらえが必要になるのは避けたかったので、皿に料理をよそい、無理して腹におさめた。朝食の間《ま》に客がちらほらとあらわれはじめた。イーディスが去ってほどなく、ミス・モンタギューが二階からおりてきた。都会の乗馬にこそふさわしいような優雅な乗馬服に身を包んでいる。少し場違いな感じはしたが、優雅な装いが彼女をいっそう美しく見せていた。ほほえみながら入ってきたものの、そこにいるのがローレンスだと気づくと、眉をひそめ、テーブルのいちばん端の席についた。そのすぐあと、やはり乗馬服を着たウールヴィーがあらわれ、彼女の横にすわった。ローレンスは礼儀として会釈はしたが、ふたりの退屈な会話には関心がなかった。

ローレンスが皿の料理をほぼ片づけたころ、レディ・アレンデールがあらわれた。いかにもあわてて身づくろいしたようすで、目の周囲に疲労のしわが寄っていた。彼女は心配そうに息子を見つめた。ローレンスは母を安心させようとほほえみ返したが、失敗に終わったようだ。イーディスが残していった悲しみも、そして父の侮蔑と客たちのあからさまな好奇心によってつくられた頑《かたく》なさも、どんなに消そうと努めても、顔にはっきりとあらわれていた。

「もうすぐ発たなければなりません。よかったら、テメレアに会っていただけませんか?」ローレンスは母親を外へ誘った。テメレアのところに行き着くまで、わずかな時間でも話ができるだろう。

「テメレア?」レディ・アレンデールはぽかんとした顔で尋ねた。「あなた、ドラゴンをここに連れてきているの?」

「もちろんです。彼がいなければ、どうやってここへ来たと思います?」

「驚いたわ。いまはどこに?」

「馬小屋の裏にある牧草地です。ほら、前は仔馬を放していた」ローレンスは言った。「いまごろは、食事をすませているはずですよ。そのへんの鹿を自由に食べていいと言いましたから」

「んまあ!」ミス・モンタギューが横合いから声をあげた。彼女のたくましい好奇心が、飛行士と関わることへの嫌悪感に打ち勝ったようだ。「あたくしたちも、ごいっしょしてよろしいかしら。すごいわ、ドラゴンをまだこの目で見たことがないのよ！」

拒《こば》みたかったが、拒むこともできず、ローレンスは召使いに荷物の運搬を頼み、母とミス・モンタギューとウールヴィーを引き連れて戸外に出た。テメレアは尻を落としてすわり、田園から霧が消えていくようすを眺めていた。灰色の寒々しい空を背景に、かなり遠くからでも竜のおぼろな姿がぬうっと大きく見えた。

ローレンスは馬小屋に立ち寄って桶《おけ》とタオルを調達したあと、ある種の気晴らしを求めて突然ついてくることになった招かれざる客、ウールヴィーとミス・モンタギューを引き連れ、母親とともにテメレアのほうに向かった。ふたりはおそるおそる足を運んだ。レディ・アレンデールは警戒心を持たないわけではないだろうが、顔には出さず、ただローレンスの腕を握る手にいくぶん力をこめた。ローレンスがテメレアのわきに行こうとすると、彼女は腕を放して数歩後ろにさがった。

テメレアは頭をさげて口の汚れを拭いてもらいながら、はじめて会う人々を興味深そうに眺めた。顎にはまだ鹿の肉と血がこびりついていた。竜は口を大きくあけて、ローレンスに口角の汚れをぬぐわせた。地面には鹿の枝角が三、四対散らばっている。

「池で泳ごうとしたけど、浅すぎて無理だったよ。それに泥水が鼻に入ってくるし」

テメレアが残念そうにローレンスに言った。

「んまあ！　話したわ！」ミス・モンタギューが声を張りあげ、ウールヴィーの腕にしがみついた。ふたりはドラゴンのきらりと光る白い歯並びを見て、たじたじと後ずさった。テメレアの門歯はすでに成人のこぶしほどの大きさがあり、先端がのこぎり状になっている。

テメレアは最初は驚いたようすだったが、すぐに瞳孔を大きくして、とてもおだやかな声で言った。「ええ、話しますよ」それから、ローレンスに向かって言う。「彼女をぼくの背中に乗せてあげるのはどうかな？　すごく気に入ると思うよ。背中に乗っけて、そのへんを歩きまわるんだ」

　突然ひらめいたささやかな意地悪を、ローレンスはどうしても我慢できなかった。

「それはいい。どうぞこちらへ、ミス・モンタギュー。まさかあなたは、竜を恐れるような臆病者ではありますまい」

「ええ、ええ、もちろん」と言いつつ、ミス・モンタギューは蒼ざめて身を引いた。

「ですけど、あたくし、ウールヴィー氏のお時間をずいぶん無駄にしてしまったみたい。これから乗馬をごいっしょする予定だったのに」ウールヴィーもつっかえながら、彼女と同じように見え透いた言い訳をした。こうして、ふたりは手に手を取って、よろめきながら去っていった。

テメレアがちょっと驚いたように眼をぱちくりさせた。「ふふん、怖かったんだな、ぼくが」ひと呼吸入れて、付け加える。「最初、彼女のこと、ヴォリーみたいだって思ったよ。あのわけのわかんなさったら、まるで牛みたいだ。牛なら食べてしまえるんだけどね」

ローレンスは心のなかで快哉《かいさい》を叫び、母を自分のほうへ引き寄せた。「怖がらなくてもだいじょうぶですよ」落ちついた声で言う。「テメレア、こちらがわたしの母、レディ・アレンデール」

「ふふん、母って、特別な人なんでしょ？」テメレアは頭をさげて、レディ・アレンデールを観察した。「あなたにお会いできて光栄です」

ローレンスは母の手をテメレアの顔に導いた。レディ・アレンデールは最初こそおっかなびっくりで温かい体表に触れたが、すぐに自信をつけてドラゴンを撫ではじめた。「いえいえ、こちらこそ。まあ、なんてやわらかなの！　こんなにやわらかいなんて、ぜんぜん知らなかったわ」

テメレアは心地よさそうに低いうなりを発した。母親とテメレアのようすを見ていると、ローレンスのなかに幸福感が戻ってきた。心から大切に思うふたりだった。母とテメレアに支えられ、己れの本分を果たしているという自覚さえ持てれば、この世のたいていのことは乗り越えていけるのではないだろうか。「テメレアは中国産のインペリアル種です」誇らしい気持ちで母に告げた。「ドラゴンのなかでも、きわめて稀少な種だと言われています。ヨーロッパには一頭しかいません」

「まあ、そうなの。すばらしいわね。そういえば、中国産のドラゴンというのは、すべてにおいて桁《けた》はずれだと聞いたことがあるわ」そう言うと、レディ・アレンデールは心配そうに息子を見つめた。瞳のなかに無言の問いかけがあった。

「ええ、そのとおりですよ」ローレンスは母の問いかけに答えようと努めた。「わたしは果報者です。心からそう思っています。いつか母さんを空へお連れしましょう。もう少し時間は必要でしょうけれど……。空を飛ぶのは、ほかに比べるものがないほど、すばらしい経験です」

「まあ、空を飛ぶですって？　滅相《めっそう》もない！」レディ・アレンデールは憤慨《ふんがい》したようすで言ったが、心の底では喜んでいるのがわかった。「わたしが馬の背にだってろくに乗れないことを、あなたはよく知っているでしょう？　ドラゴンに乗ったら、いったいどうなってしまうことやら」

「しっかりと体を固定すれば、だいじょうぶです。わたしだって、そうしています」ローレンスは言った。「テメレアは馬とはちがいます。あなたを振り落とすようなことはしませんよ」

テメレアも熱心に言い添えた。「ふふん、そうです。万一あなたを落っことしちゃっても、ぼく、ちゃんと受けとめにいきます」安心させるような発言ではなかったとしても、テメレアがローレンスの母親を喜ばせたいと思っていることははっきりと伝わった。レディ・アレンデールはほほえんで、テメレアを見あげた。

「なんてやさしい子なの。ドラゴンがこんなにお行儀がいいとは知らなかったわ。あなたはウィリアムのことを、とても大切に思っていてくれるのね。ウィリアムは、ほかの子の何倍もわたしを心配させる息子なの。この先もずっと綱渡りのような危なっかしい人生をつづけていくことでしょう」

ローレンスは母親からそう言われて、いささか閉口した。ところが、またテメレアが言った。「だいじょうぶ。ぼくがローレンスを守ります。ぼく、あなたに約束します」

「おいおい。きみも母さんも、そのうちわたしをおくるみで抱っこして、重湯《おもゆ》を与えかねないな」ローレンスは身をかがめて、母親の頬にキスをした。「母さん、スコットランドのロッホ・ラガン航空隊基地宛てに手紙をください。わたしたちはそこで訓練を受けています。テメレア、立ちあがってくれるかい？　またこの帽子箱をきみにくくりつけなきゃならない」

「ねえ、ダンカン提督の本は持ってきてくれた？」テメレアが、立ちあがりながら尋ねた。「『海軍の三つ叉の槍《やり》』だっけ？　〈栄光の六月一日の海戦〉について書かれた本をまだ読み終わっていないけど、あれのつぎにダンカンの本を読んでほしいんだ」

「ウィリアムが、あなたに本を読んで聞かせているの？」レディ・アレンデールがおもしろそうに尋ねる。

「そうですよ。本はちっちゃすぎて、ぼくは持ってられないし、ページもめくれない」

「いや、ちがうんだよ、テメレア。母さんが驚いているのは、本をろくに開いたこともなかったわたしが、本を読むようになったことさ。少年時代、母さんからどんなに言われても、わたしは本の前にすわっていられなかった」ローレンスはそう言いながら荷物を引っかきまわし、くだんの本を見つけ出した。「わたしがどんなに本好きになったかを知ったら、母さんは驚くでしょうね。とにかく、テメレアの知識欲はすごいんです。さあ、テメレア、こっちの準備は整った」

レディ・アレンデールは声をあげて笑い、牧草地の端にさがると、テメレアがローレンスを乗せて立ちあがるのを、手をひたいにかざして見守った。テメレアは舞いあがった。力強い羽ばたきが繰り返され、レディ・アレンデールの姿があっという間に豆粒のように小さくなった。やがてウラトンホールの広大な庭園も、尖塔を頂く大きな屋敷も、なだらかに打ちつづく丘陵《きゅうりょう》の彼方に消えて見えなくなった。

5　トレーニング・マスター

ロッホ・ラガン〔ラガン湖〕の空には真珠のように光る灰色の雲が垂れこめ、黒い湖面が雲を映していた。この地にまだ春は遠い。湖の汀《みぎわ》は氷や雪で覆われ、その下には秋が残していった木の葉が色鮮やかなまま眠っている。森からは針葉樹と切り倒された木々のきりっとしたよい匂いが漂ってくる。湖の北岸から基地に向かって、うねうねと砂利道がつづいていた。テメレアは宙で旋回すると、その道沿いに低い山頂を目指した。

山頂にほど近い開けた土地に、大きな木造格納庫が中庭を囲むように並んでいた。一見すると厩舎《きゅうしゃ》のようで、正面は開いている。男たちが、外で革と金属を相手に作業している。竜と飛行士の装備品を手がける地上クルーにちがいない。巨大な竜の影が地上を横切っても、誰ひとり顔をあげようとはしない。テメレアは、さらに高い山腹にある基地本部の建物を目指した。

それは、中世のものとおぼしき城砦《じょうさい》だった。飾り気のない四つの塔があり、塔をつなぐ厚い石の城壁が巨大な正面広場を囲んでいる。その広場の奥に、山腹に半ば埋もれて、横に広い重厚な正面入口があり、さらにその奥に施設が広がっていることがうかがえる。正面広場は、ほとんど過密状態に近かった。敷石の上に、テメレアの倍ほどもある若いリーガル・コッパー種が、長々と体を伸ばしてまどろんでいた。隣には、紫と茶のウィンチェスター種が二頭。この二頭もやはり眠っていて、体はあのヴォラティルスより小さい。反対側には、中型イエロー・リーパー種が三頭、折り重なるように横たわっており、イエロー・リーパー特有の白い縞《しま》が、寝息に合わせて上下している。

ローレンスは地上におりてようやく、ドラゴンたちがなぜここで休息しているのかを理解した。地底から熱が出ているらしく、敷石が温かい。テメレアが幸せそうなつぶやきを洩らし、イエロー・リーパーのかたわらに身を横たえた。

ふたりの使用人がローレンスを出迎え、両手の荷物を受け取った。建物の奥へと進むように言われ、山のなかを貫通するかび臭くて薄暗い通路を歩いていくと、山の裏側にある新たな広場に出た。そこは、山の北側の渓谷に臨む天然のテラスのような、巨大な岩棚だった。端に手すりはなく、垂直に切り立った断崖《だんがい》の下に、氷塊が散っている谷底が見える。

五頭のドラゴンが、まるで鳥の群れのような編隊を組んで、上空を優美に旋回していた。先頭のリーダーがロングウィング種だということは、ローレンスにもすぐにわかった。翼がとびきり長く、オレンジ色の翼端からはじまる白と黒のさざ波模様が、徐々にくすんだブルーの地に吸いこまれていく。編隊の左右を固めるのは、二頭のイエロー・リーパーだ。後部左は、緑がかった灰色のグレー・コッパー。後部右は、青と黒の斑紋のある銀灰色のドラゴンだったが、ローレンスにはこの一頭だけ種を特定できなかった。

羽ばたきの回数がそれぞれ異なるにもかかわらず、五頭はそれぞれの位置をみごとに保って飛びつづけた。やがてロングウィングに乗った信号手が旗を振った。すると、五頭がダンサーのようにしなやかにターンし、ロングウィングが最後尾になった。ローレンスはつぎの合図を見逃したようだ。今度は五頭とも背面飛行に入り、宙に完璧な縦のループを描いたあと、最初の隊形に戻った。ローレンスはすぐに気づいたが、このループ飛行では、ロングウィングが仲間に援護されながら、もっとも地面に近いところを飛んで、最大限に攻撃できる。ロングウィングが攻撃の要《かなめ》になることは言うまでもない。

「ニチドゥス、高度を下げすぎだ。ループのとき六回羽ばたくやり方に変えてみろ」

突然、上のほうから、よく響く低い声がした。ローレンスがはっと見あげると、この裏広場の右手に突き出た岩の上に、金色のドラゴンがいた。リーパー種のような縞が入っているが、縞の色が淡い緑で、翼端が濃いオレンジ色だ。乗り手もいなければ、ハーネスも装着していない。それを首輪と呼べるならだが、翡翠《ひすい》を散らした黄金の太い首輪を付けている。

ローレンスは目を凝《こ》らした。渓谷では竜の編隊がふたたびループを描いている。「いいぞ、よくなった」金色のドラゴンはまた声を張りあげ、首をめぐらしてテラスを見おろした。「キャプテン・ローレンスかな? きみが来ることは、ポーイス空将が知らせてくれた。いいところに到着したな。わたしはケレリタス、このロッホ・ラガン基地のトレーニング・マスターだ」ケレリタスは翼を広げ、ふわりと飛んで広場に着地した。

ローレンスは反射的に頭をさげていた。ケレリタスは中型ドラゴンで、リーガル・

コッパー種の四分の一ほどの大きさだった。まだ子どものテメレアと比べても、体はケレリタスのほうが小さい。「ふーむ」竜は頭をさげて、ローレンスをじろりと見た。濃い緑の虹彩《こうさい》が収縮し、縦長の瞳孔《どうこう》とひとつになった。「ふーむ。竜の担い手になるにしては、かなり年がいっているようだ。だがまあ、悪いことじゃない。若いドラゴンを早く一人前にしたいときには、案外それでうまくいく。テメレアの場合がまさにそれだろう」

ケレリタスはふたたび頭をもたげ、渓谷に向かって叫んだ。「リリー、ループのときは首を伸ばすのを忘れるな」ふたたびローレンスに向き直って言う。「さて、テメレアには、特殊な攻撃能力がいまのところ確認できない。そうだね?」

「はい、そのとおりです」思わず丁重に答えていた。ケレリタスの態度と口調がこの竜の階級の高さを示していた。ローレンスは、驚きながらも、軍人生活の習慣からそれに反応した。「テメレアの種を特定したエドワード・ハウ卿によれば、この先も特殊な攻撃能力が発現することはないだろうということです。もちろん、断言はできないということですが──」

「わかった、けっこう」ケレリタスが話をさえぎった。「エドワード卿の研究論文なら、わたしも読んでいる。彼はオリエンタル産ドラゴンの専門家だ。今回の見立てについては彼を信用しよう。残念だな。実のところ、われわれが求めているのは、毒噴き、あるいは竜巻《たつまき》や豪雨を起こす日本のドラゴンなのだ。そういった能力があるなら、フランスのフラム・ド・グロワール〔栄光の炎〕種と戦わせるのにうってつけだ。だが、テメレアは大型の戦闘竜になれそうだと聞いているが？」

「体重はおよそ九トン。孵化してからほぼ六週間です」

「それはいい。成長したら、いまの倍にはなるだろう」ケレリタスは言い、考えごとをするように前足のかぎ爪でひたいをこすった。「すべては伝聞どおり。テメレアはマクシムスと組ませよう。マクシムスは、ここでトレーニング中のリーガル・コッパーだ。二頭で援護担当のペアを組み、リリーの戦隊に加わってもらう。そう、あのロングウィングがリリーだ」ケレリタスは渓谷で旋回しているドラゴンたちのほうに首をめぐらした。ローレンスはまだ面食らっていたものの、ちらりと目で確認した。

ケレリタスがつづけて言った。「さて、きみたちの教科課程を決める前に、まずはテメレアの飛行を見せてもらいたい。だが、わたしはまだこの授業を終わらせていないし、きみたちも長旅のあとでは本領を発揮できないかもしれん。グランビー空尉に言って、ドラゴンの採食場《フィーディング・グラウンド》を教えてもらいなさい。グランビーは士官クラブにいるだろう。そして、明朝、またここに来なさい。日の出から一時間後」

それは命令であり、返事が求められていた。「承知しました」ローレンスは、現実を消化しきれない混乱を押し隠して言った。だが、ケレリタスはなにも気づかないようすで、崖の高みに戻っていった。

ローレンスは、士官クラブの場所を知らないことを幸いに、城砦《じょうさい》のなかをうろうろと歩きまわった。できれば一週間ぐらいひとりきりになって、混乱した頭のなかを整理したかった。だがそうはいかず、十五分後には使用人を呼びとめ、士官クラブの場所を尋ねた。ドラゴンについて聞いていたすべてが、わずかな時間のあいだに、音をたてて崩れてしまった。ドラゴンは担い手がいなければ用をなさないし、ハーネスを装着できないドラゴンは繁殖用にするしかない。そんな思いこみは、ここでは通用しなかった。訓練に挑むあらゆる飛行士たちのかかえる不安や懸念《けねん》が、いまとなってはよくわかった。自分たちが支配していると信じこんでいるけだものから、飛行士たちが訓練を受けている——いや、命令されていると知ったら、世間はいったいなんと思うだろう?

ローレンスはドラゴンの知性と自立性を、テメレアというみごとな実例をもって知るようになった。しかしどういうわけか、時がたつにつれ、それはテメレアに特有の個性であり、ドラゴン全般に通じるものではないと考えるようになっていた。最初の衝撃が過ぎて、この事態について冷静に考えられるようになると、ドラゴンをトレーニング・マスターとして受け入れることがそれほどむずかしいこととは思えなくなっていた。が、かつての自分のようにドラゴンに身近で接する機会のない大多数の人々がこれを知ったら、一大スキャンダルを巻き起こすにちがいない。

フランス革命後のヨーロッパに戦火が広がってまもないころ、イギリス政府は、ハーネスを装着していないドラゴンを公費で養《やしな》わず、殺処分とするという法案を議会に提出した。御《ぎょ》せないドラゴンを戦時に養って繁殖させても意味がなく、粗暴さゆえに戦闘用ドラゴンを傷つける可能性もある、というのがその法案の根拠だった。国会で議論されるなか、もし殺処分を行うなら、年間一千万ポンド以上の経費節減につながるという試算も出された。だが、前向きに検討されながらも、法案はいつのまにか消え去った。それについて公的な説明はなされなかったが、まことしやかな噂が流れていた。ロンドン近郊の航空隊士官たちが首相官邸に押しかけ、かかる法案を通過させた場合はクーデターも辞さないと脅《おど》したのだ、と。

法案の愚昧《ぐまい》は認めるとしても、当時のローレンスには、航空隊士官たちがそこまで過激な行動に走るというのも信じがたかった。政府はつぎつぎに愚かしい法案を出してくるが、そのような長期的展望に欠ける考え方しかできない――たとえば帆布に十シリングの上載せを惜しんで六千ポンドの軍艦を危険にさらす――のが官僚というものだ。しかし、いまは自分が間違っていたと恥じ入る。あの法案が議会を通過していたら、航空隊士官たちは間違いなく決起していたことだろう。

そんなことを考えながらアーチ屋根のついた通路を抜け、士官クラブに入った。つぎの瞬間、ローレンスは反射的に、目の前に飛んできたボールを受けとめていた。歓声と抗議の叫びが同時にあがった。

「これは、ぜったい、ゴールだ。彼はきみたちのチームじゃないんだからな」少年期を脱したばかりのような、鮮やかな黄色の髪の青年が叫んだ。

「ばか言うなよ、マーティン。ねえ、あなたはこっちのチームですよね?」別の青年がにこにこしながら近づき、ローレンスに片手を差し出した。ひょろりと背が高く、黒い髪をして、頬骨のあたりが日焼けしている。

「そういうことにしておこうか」ローレンスは冗談めかして言いながら、ボールを黒い髪の青年に手渡した。こんなに大勢の訓練生たちが室内で、しかもかなりめちゃくちゃなやり方で、子どもじみた遊びに興じていることにちょっと驚いた。首にクラヴァットを結んで上着をはおったローレンスに比べると、青年たちの恰好《かっこう》はかなりくだけていた。上半身裸の青年もふたりいる。室内の調度は乱雑に壁際に押しやられ、絨毯《じゅうたん》が巻き取られて隅に突っこんであった。

「ジョン・グランビー空尉。担う竜はまだなし」黒っぽい髪の青年が言った。「到着したばかりですか？」

「そうです。ウィル・ローレンス。竜はテメレア」だが、そう名乗った瞬間、グランビーから友好的な笑顔が消えた。

「インペリアルだ！」あたりで叫びがあがり、その場の半数近くがローレンスの横を通り、正面広場のほうに走っていった。ローレンスは驚いて、その後ろ姿を見つめた。

「心配いりませんよ！」黄色の髪の青年が近づいてきた。「みんな、ドラゴンを困らせるほど、分別《ふんべつ》を欠いちゃいません。見物に行っただけです。まあ、あなたのほうが、見習い生たちに手こずるかもしれませんね。ここには、二十四名の見習い生がいます。

連中ときたら、いたずらがしたくってしょうがないんですよ。ぼくは空尉候補生のイージキエル・マーティン。ファースト・ネームだけ、さっさと忘れちゃってください」

この気やすさが彼らの流儀なのかもしれない。ローレンスはそれに慣れていなかったが、腹は立たなかった。「ご警告ありがとう。テメレアも彼らをうるさがるようなことはないと思いますよ」マーティンの挨拶には、グランビーのような嫌悪感が見えなかったので、ほっとした。施設の案内役は、できればグランビーではなく、友好的なマーティンのほうに頼みたいところだ。しかし、ドラゴンとはいえ上司からの命令に逆らうのには抵抗がある。そこで、グランビーのほうに向き直り、礼儀正しく言った。「ケレリタスから、あなたにいろいろ教えてもらうように言われています。お願いできますか」

「わかりました」グランビーも礼儀正しく返したが、どこか不自然で、わざとそっけなくしているようにも感じられた。「こちらへどうぞ」

昇り階段のほうに向かうグランビーのあとに従うと、マーティンもついてきたので、ローレンスは気が楽になった。この空尉候補生の絶え間のないおしゃべりが、気詰まりな雰囲気をやわらげてくれた。「そうか、あなたが敵艦からインペリアルを奪った艦長ですね。フランス野郎ども、髪を掻きむしって、歯ぎしりしただろうなあ」マーティンが勝ち誇ったように言った。「百門艦と戦って卵を奪ったって聞いてます。戦闘は長くかかったんですか?」

「困ったな。噂として伝わるうちに、わたしの手柄が大きくされてしまったようだ」ローレンスは言った。「敵艦アミティエ号は一等級艦ではなく、三十六門フリゲート艦だった。乗組員たちは水不足で衰弱していた。敵艦長は果敢に応戦したものの、戦力不足は否めなかった。敵の不運と天候の悪化が、われわれに味方したようなものだ。まあ、運がよかったということです」

「そんな! 運のよさを軽く見ちゃいけませんね。運だって実力のうち」マーティンが言った。「それにしても、こりゃあ、すごい部屋をあてがわれたものだなあ。四六時中、風の音を聞かされる」

ローレンスは、これから寝起きすることになる、円柱の塔の一角にある部屋を見わたした。キャビンの狭さに慣れた者には充分な広さがあるし、曲面に大きくあいた窓も贅沢《ぜいたく》に思える。ガラス窓の向こうに霧雨の降りはじめた湖が見えた。窓を開くと、湿った冷気が流れこんできた。ただ、潮の香りのしないところが海とはちがう。

例の帽子箱がクローゼットのわきに乱雑に置かれていた。すぐになかを調べたが、さしたる乱れはなかった。簡素で大きなベッドのほかに家具は書きもの机と椅子しかない。「いや、わたしにとっては静かなもの。これで充分」ローレンスは腰から剣をはずし、ベッドに置いた。上着まで脱ぐ気はなかったが、こうすることで少しだけ堅苦しさを取り払ったつもりだ。

「では、採食場《フィーディング・グラウンド》へ行くとしますか」グランビーが硬い口調で言った。士官クラブを出てからはじめての会話への参加だ。

「いや、その前に浴場に案内しましょう。それと、食堂へも」マーティンが言う。「浴場は見る価値がありますよ。ローマ帝国の時代につくられたものなんです。基地がここに築かれたのも、ローマ帝国時代の浴場があったからこそ」

「ありがとう。それはぜひ見てみたい」ローレンスは言った。できれば、仏頂面《ぶっちょうづら》の空尉は来ないでほしかったが、そんな無礼なことを言うわけにはいかない。グランビーが礼儀知らずだからと言って、こちらも同じ態度で返すのはいやだった。

食堂は浴場に向かう途中にあった。マーティンの説明によると、楕円形のテーブルで空佐《キャプテン》と空尉が、長方形のテーブルで空尉候補生と見習い生が食事するということだった。「幸いにも、見習い生を先に食べさせることになってます。あいつらのうるさいおしゃべりを聞かされてちゃ、食事が喉を通りませんからね。そして、ぼくたちのあとに地上クルーが食事します」

「個別に食事することは?」士官たちがいっしょに食事するのは、ローレンスには奇妙な感じがした。海軍時代に多額の拿捕賞金を手にするようになってからは、自分の食卓に友を招くのが大きな楽しみのひとつになっていたのだが……。

「体調が悪ければ個別ですね。トレーで上に運んでもらいます」マーティンが答えた。

「あ、おなかすいてませんか? 食事、まだですよね? おーい、トリー」マーティンが叫ぶと、リネンをかかえて食堂を横切っていた使用人が振り向き、問いかけるように眉をあげた。「こちらは、キャプテン・ローレンス。きょう着任したばかりなんだ。キャプテンのために、なにかこしらえてもらえないかな? それとも、夜食まで待たなきゃだめかい?」

「いや、おかまいなく。興味から訊いたまでだから」ローレンスは言った。

「心配ご無用!」トリーが直接答えた。「コックに頼んで、簡単な料理とポテトを用意させるよ。そうだ、ナンに頼もう。部屋は、塔の四階だったね？」トリーは、わかってるというようにうなずき、返事を待たずに走り去った。

「トリーがうまくやってくれますよ」マーティンには、日常のルールを乱したという意識はこれっぽっちもないようだ。「彼、すごく、いいやつなんです。ジェンキンズだったら、まず無理だな。マーヴェルは、やってはくれるけど文句たらたらだから、頼むのがいやになっちまう」

「ドラゴンに怯えない使用人をさがすのに苦労するんじゃないのかい？」ローレンスは尋ねた。飛行士どうしのざっくばらんな話し方には慣れてきたのだが、使用人までそうだと知って、また困惑した。

「みんな、このあたりの村の生まれですから、ドラゴンにも飛行士にも慣れてるんです」長い通路を歩きながら、マーティンがつづけた。「トリーは、少年のころから働いてるんじゃないかな。気の立ったリーガル・コッパーにだって負けちゃいません」

通路の行く手に金属の扉があり、浴場はその扉の向こうにあるということだった。グランビーが扉を開いたとたん、なかから熱く湿った空気が吹きあげ、ひんやりとした通路が白い蒸気に包まれた。ローレンスはふたりにつづいて扉をくぐり、狭いらせん階段をおりた。らせんを四周分おりたところで、突然、がらんとした大きな部屋に出た。四方の壁に石の棚が並んでいた。壁に色あせた壁画らしきものが見えるが、あちこちが剝がれ落ちている。まさしくここは、かつてローマ帝国によって築かれたほんものの浴場のようだ。片側の壁にタオルが収納され、別の壁の棚には脱ぎ捨てられた衣類があった。

「服を脱いで、あの棚に置いてください」マーティンが言った。「この浴場は円環になってるから、最後はまたここへ出てきます」彼とグランビーはすでに服を脱ぎはじめていた。

「風呂に入る時間はあるのかい?」ローレンスは疑わしい気持ちで尋ねた。

マーティンがブーツを足から引き抜こうとしている手を止めて答える。「ぐるっと回るだけだよな、グランビー? 急ぐ必要もないんだろう? 夜食は数時間後だし」

「どうせ急ぎの任務もないだろうから、いいんじゃないですか?」グランビーがローレンスに言った。あまりにもぶしつけな言い方だった。マーティンがはじめて同行者の緊張に気づいたように、ローレンスとグランビーの顔を交互に見た。

ローレンスは唇を嚙んで、きつい言葉が口から出そうになるのをこらえた。どの飛行士が海軍嫌いかをいちいち確かめられないし、ある程度敵意が存在することは最初からわかっている。これからはそんな敵意にさらされながら、はじめて軍艦に乗りこむ海尉候補生のように、やっていかなければならないのだろう。「ああ、かまわない」ローレンスは短く答え、浴場を見学するだけなのに服を脱ぐことを奇妙に感じつつ、それでもふたりにならって服を脱いだ。ただし、彼らのように脱ぎ捨てるのではなく、脱いだものはていねいにたたんでふたつの山に分け、上着だけしわにならないように、その上に置いた。

一行は部屋を出て、左に向かう通路を進んだ。突き当たりにまた金属の扉があり、くぐり抜けたとたん、ようやく服を脱いだ理由がわかった。部屋いっぱいに蒸気が広がって腕の長さより先は見えないほどで、たちまち汗が噴き出した。服を着ていたら、なにもかもぐしょ濡れになり、上着もブーツも台無しになっていただろう。温かな湯気が肌に心地よく、長時間の飛行で疲れた筋肉がたちまちゆるんでいった。

その部屋は全面タイル張りで、壁には一定間隔で石のベンチがあり、何人かが横たわっていた。グランビーとマーティンがそのうちのふたりに軽く会釈し、出口の扉に向かった。その向こうはまるで洞窟《どうくつ》のような細長い部屋で、前の部屋よりさらに室温が高く、それでいて乾いていた。部屋の長さいっぱいに浅く水をたたえた溝がつづいている。「ここは正面広場の真下です。基地をここに選んだ理由が、ほら――」

マーティンが指さすほうを見ると、一方の長い壁ぞいに一定間隔で深いくぼみがあり、錬鉄《れんてつ》製の仕切りが付いていた。仕切り越しにくぼみをのぞくと、半分は空《から》で、あとの半分には布がクッションのように敷かれ、巨大な卵が置かれていた。「こうやって卵を温めているんです。われわれには、母ドラゴンに卵を温めさせるほど数に余裕がありませんからね。卵を火山の近くに埋めるか、このような方法を採《と》るしかありません。こうしておけば卵は自然に孵ります」

「卵を個室に振り分けるほど、ここの広さに余裕がないのだろうか」ローレンスは尋ねた。

「そんなわけがないだろう」グランビーがつっけんどんに返した。

マーティンがグランビーにちらりと視線を送り、ローレンスが反応する前にあわてて言った。「ここなら、大勢の人の出入りがあるから、卵の硬化を見逃さずにすむんですよ」

ローレンスは怒りを抑え、グランビーの発言を無視して、マーティンにうなずいた。

エドワード卿の本には、孵化までの期間は種によって異なり、小型種なら数か月、大型種だと何年もかかると記されていた。ただし、たとえ種が明らかであっても、いつ孵化がはじまるかは、最後の最後まで予測できないらしい。

「あっちのアングルウィングがまもなく孵化しそうです。楽しみだなあ」マーティンが金褐色の卵を指さした。卵の殻は真珠のように輝き、鮮やかな黄色の斑紋が散っていた。「オヴェルサリアが産んだ卵です。彼女はイギリス海峡を守る司令官搭乗ドラゴンです。ぼくは訓練を終えてすぐ、新米の信号手として、オヴェルサリアに乗りこみました。あのクラスの竜で、彼女の飛行能力を超えるものはいませんね」

ふたりの若い飛行士は、思いつめたような憧憬《しょうけい》のまなざしで卵を見つめていた。どの卵も彼らにとっては昇進のチャンスだ。しかしそれは、戦功をあげて、あるいは立ち回りのうまさで海軍委員会の引き立てを受けて昇進する海軍の場合より、より稀で不確かなものなのだろう。

「きみは、何頭ものドラゴンに乗ったのか?」ローレンスはマーティンに訊いた。

「オヴェルサリアと、インラクリマスだけです。彼は一か月前、海峡での小競《こぜ》り合いで怪我《けが》を負いました。だから、ぼくもこうして地上にいるわけなんです」マーティンが答えた。「でも、インラクリマスは一か月以内に復帰するでしょうし、ぼくはあの戦闘のおかげで昇進したんです。だから、不満を言っちゃいけませんね。晴れて空尉候補生になれたんだから」と誇らしげにつづける。「グランビーはもっと経験がありますよ。確か、四頭だったよな？　レティフィカトに乗る前は、ええと……」

「エクスクルシウス、フルイターレ、アクチオニス」グランビーが三頭の竜の名前をあげた。

だがローレンスには、レティフィカトという名前を聞くだけで充分だった。これでようやくわかった。と同時に、自分の顔がこわばるのを意識した。そう、グランビーはあのデイズ空尉の友人である可能性が高い。そうでなくても、ふたりはごく最近まで同じドラゴンに乗りこんでいたのだ。つまり、グランビーの攻撃的な態度は、突然航空隊入りした海軍出身者に対する怒りというより、もっと個人的なものだったのだ。もちろんある意味では、デイズ空尉の最初の侮辱的な言動と同じ根っこを持つものなのだろうが……。

ローレンスは原因を知ってますます我慢がならなくなり、「さあ、先へ行こう」とふたりを急きたてた。早く見学をすませてしまいたかった。マーティンがなにかしゃべっても、会話を長引かせるようなことはなにも言わないでおこうと心に決めた。

一行は浴場をぐるりと回って、ふたたび脱衣場に出た。服を着てしまうと、ローレンスは、おだやかに、しかしきっぱりと言った。「ミスタ・グランビー。採食場に案内してくれたら、きみを解放しよう」自分は無礼な態度に甘んじる人間ではないと、彼にははっきりわからせておく必要があった。また同じことを繰り返したら、今度こそはっきりと言ってやる——ただし、事を荒立てることなく、内々に。「ミスタ・マーティン。おつきあい、ありがとう。きみの説明はとても有益だった」

「どういたしまして」マーティンが答え、不安そうにローレンスとグランビーを見た。ふたりをこのまま残してだいじょうぶだろうか、と心配しているのだ。だが、ローレンスの発言が半ば命令であることも、マーティンは承知していた。「では、これで失礼します。夕食でお会いしましょう」

マーティンが去っていき、ローレンスはグランビーとともに押し黙ったまま採食場に向かった。着いてみると、そこはドラゴンが食事する採食場そのものではなく、採食場を見おろす岩棚だった。採食場は、訓練に使われている渓谷のいちばん端にあり、自然がつくる袋小路の一角に、出入り口のような穴があいていた。その穴の周辺で、数人の牧夫が働いている。グランビーが気乗りしないようすで説明したところによると、この岩棚から合図を送ると、牧夫たちが牛や羊を見つくろって、その穴から採食場に放つということだった。もちろんそれは、渓谷で訓練が行われていないときにかぎられるが、放ってしまえば、あとはドラゴンたちが好きなように獲物を狩ることになるという。

「ま、これだけ言えばわかるだろう」グランビーはそう言って説明を締めくくった。

ローレンスにとっては、常軌《じょうき》を逸《いっ》した、不快きわまりない口のきき方だった。

「わかりました、偉《サ》いお方《ー》」ローレンスは声を落として言った。グランビーが一瞬、とまどうのがわかった。ローレンスは彼の言葉をそのまま返した。「ま、これだけ言えばわかるだろう、偉《サ》いお方《ー》」

グランビーがこの警告を受けとめ、態度を改めてくれることをローレンスは願った。が、彼は信じられない言葉を返した。「そんな堅苦しい言い方はここではしない。海軍では、そういう言い方に慣れてたのかもしれないが」

「わたしは、礼節を守ることに慣れているまでだ。きみのいまの言葉は受け入れがたい。せめて上官に敬意を示してはどうだ？」ローレンスはもはや怒りを抑えず、猛々《たけだけ》しくグランビーをにらみつけた。自分の顔が紅潮していくのがわかる。「いますぐ態度を改めろ、グランビー空尉。さもないと、きみは不服従で降格になるぞ。きみの言動についてわたしが報告した場合、航空隊司令部がそれを軽く扱うとは思えないのだがね」

グランビーの顔が、日焼けした頰の赤みだけ残し、みるみる蒼ざめた。「承知しました《イエッサー》」彼は気をつけの姿勢で言った。

「さがってよろしい、空尉」ローレンスは体を返して採食場のほうを向くと、両手を後ろで組んだまま、グランビーが立ち去るのを待った。もう二度と彼の顔を見たくなかった。怒りがおさまると、どっと疲れが出た。あのような扱いを受けたことが情けなく、彼を叱責したことがどんな波紋《はもん》を生むかも気になった。最初に出会ったときの彼は、親しげで好感が持てたし、仲間に嫌われるような人間には見えなかった。そして彼は飛行士のひとりであり、自分は途中から割りこんできた邪魔者だ。この立場は、これからも変わらない。グランビーの仲間は当然、彼の味方につくだろう。大勢の敵をつくって、不愉快な目に遭うこともありえない話ではない。

だが今回は、こうするほかなかった。あからさまな侮蔑は耐えがたい。グランビーもあれで自分がやりすぎたことを思い知ったはずだ。ローレンスは、沈んだ気分のまま建物に入り、ふたたび正面広場に出た。そこにテメレアの姿を見て、少しだけ気が安まった。テメレアは昼寝から目覚めてローレンスを待っていた。「すまない、こんなに長く放っておいて」テメレアの横に回り、やさしく撫でた。竜よりも自分自身を慰撫《いぶ》しているのかもしれなかった。「退屈しなかったか?」

「ううん、ちっとも。いっぱい人が来て、いろいろ話しかけてくれた。ハーネスをつくるんだって、寸法を測っていった人もいた。そうだ、マクシムスともしゃべってた。いっしょに訓練することになるみたいだよ」

ローレンスは、自分の名前を聞きつけて眠たげに薄眼をあけたリーガル・コッパーに、うなずいて挨拶した。マクシムスはそれに応えるように、重そうな頭を少しだけもたげ、またすぐにおろした。「腹はすいてないか?」ローレンスはテメレアに向き直って尋ねた。「明日は、早朝から、ケレリタスの前で飛ばなくちゃならない。ケレリタスというのが、ここのトレーニング・マスターなんだ。だから、朝はあまり余裕がないだろうね」

「そうか、じゃあ、食べておきたいな」テメレアは言った。名前からしてトレーニング・マスターがドラゴンであることは明白なのに、まったく驚いていないようだった。そのあっさりした反応と比べて、ローレンスは最初にショックを受けた自分を少し愚かしく思った。テメレアにとって不自然なところはどこにもないのだ。

採食場に臨む岩棚までは短い距離だったが、もう一度装備を整えて飛ぶのを少しも面倒だとは思わなかった。そこで竜からおり、あとはテメレアが好きに獲物を狩るのにまかせた。ドラゴンが優雅に飛翔し急降下するさまをただ眺めるという純粋な喜びに浸ることで、倦《う》んでいた心が晴れていった。ここの飛行士たちがどう反応しようが、自分の地位は、ある意味では一介の艦長には望めないほど確固たるものだ。どんな飛行クルーに当たろうが、海軍時代に厄介な水兵たちをうまくまとめた経験が生きるだろう。それにあのマーティンがいる。彼は、すべての航空隊士官がローレンスに敵対するわけではないことを、身をもって示してくれた。

さらにもうひとつ、心を癒やされることがあった。テメレアが走りまわる牛に空から襲いかかり、それをつかんで地上に舞いおりたとき、ローレンスの背後で感嘆の声があがった。声のほうを見あげると、城砦の窓から少年たちが顔を突き出していた。

「あれがインペリアルなんですね?」砂色の髪をした丸顔の少年が、ローレンスに話しかけた。

「そうだよ、名前はテメレア」ローレンスは答えた。これまでも彼は若い紳士たちの教育に熱心で、彼の艦はひよっ子たちにとって最良の学校になると見なされてきた。部下たちのことも家族ともどもよく面倒を見たので、少年たちと接する機会も多かった。多くのおとなとちがって、年下の若者たちとつきあうのを煩わしいとは思わず、それは相手が海尉候補生より幼い少年たちでも同じだった。

「うわあ、見て、すごいなあ」今度は、黒っぽい髪の小柄な少年が叫んだ。テメレアが地面すれすれを飛んで、三頭の羊を一気にさらったところだった。

「きみたちは、ドラゴンの飛ぶところをわたしよりもずっとたくさん見てきたはずだ。それでも、テメレアの飛び方は見応《みごた》えがあるのかな？」ローレンスは少年たちに尋ねた。

「もちろんです」一斉に熱のこもった答えが返ってきた。「ちょっとした動きからちがうんです」砂色の髪の少年が言った。「四肢の伸びがいいし、羽ばたきに無駄がなく……うわっ、すごいや」玄人《くろうと》っぽい見立てを披露《ひろう》したものの、テメレアが宙返りして最後の牛を捕らえると、ただの少年に戻って叫んだ。

「乗組員はまだ決まっていないんですね?」黒っぽい髪の少年が期待のこもったまなざしで尋ねた。たちまちどよめきが起こり、みんなが口々に自分をテメレアの乗組員にしてくれとローレンスに売りこみはじめた。見習い生でもキャプテンに引き抜かれてドラゴン・クルーになることがあるのをよくわかっているからだ。

「待った。テメレアの乗組員を選ぶときは、きみたちの教官の意見も聞かなければ」ローレンスはわざと生真面目《きまじめ》な顔をつくって言った。「だから、これから教官たちに自分のいいところをしっかりと見せるんだね。それとも、もう充分にそうしているかな?」そう尋ねたとき、テメレアが岩棚に戻ってきた。バランスを崩すことのない完璧な着地だった。

「すごくおいしかったよ。でも、血だらけになっちゃった。あっちへ洗いに行ってもいい?」

ローレンスは、子どもたちを見あげて尋ねた。「諸君《ジェントルメン》、ひとつお尋ねしたい。テメレアをあの湖で水浴びさせてもかまわないだろうか?」

子どもたちが目をまん丸にしてドラゴンを見おろした。「ドラゴンが水浴びするなんて、聞いたことありません」子どもたちのひとりが言った。

砂色の髪の少年が付け加える。「だって、でっかいリーガル種を洗うところなんて想像できますか？　きっと、ものすごくたいへんです。ドラゴンは、うろこもかぎ爪も全部、自分で舐めてきれいにするんです。ええ、猫みたいに」

「それじゃあ、さっぱりしないだろうなあ。ぼくは、洗うほうがいいや。も、の、す、ご、く、た、い、へ、ん、かもしれないけど……」テメレアが心配そうにローレンスのほうを見た。

ローレンスは驚きを隠し、おだやかに言った。「確かにたいへんかもしれないが、ほかの仕事だって同じようなものだよ。すぐに湖へ向かおう。ちょっとだけ、ここで待っててくれ、テメレア。タオルを持ってくるから」

「あっ、持ってきます！」砂色の髪の少年が窓辺から姿を消した。ほかの少年たちもあわててあとを追う。五分とたたないうちに、六名の少年たちがタオルをつかんで岩棚に走り出てきた。そのタオルの出所がどこかは、ローレンスにはだいたい想像がついた。

タオルを受け取って、少年たちに礼を言い、テメレアに乗った。砂色の髪の少年のことは心のノートに書きとめた。なんでも率先して行う資質は、有能な士官として不可欠だ。

「明日は搭乗ベルトを持ってきます。そしたら、テメレアに乗って、お手伝いできます」くだんの少年が無邪気に付け加えた。

ローレンスは少年をちらりと見おろした。厚かましいとたしなめるべきだろうかと思ったが、少年の積極性を認めたい気持ちになり、ただ別れの挨拶をした。「では、また明日」

少年たちは岩棚に立ってローレンスを見送った。みな一様に勢いこんだ表情でドラゴンを見あげていたが、テメレアが城砦の上空に達すると、視界から消えた。湖に着くと、口の周囲に付いた血を洗うためにテメレアを泳がせ、それからタオルで体をこすった。毎日〝磨き石《ホーリーストーン》〟〔甲板を磨くために使われる聖書ほどの大きさの石〕で甲板を磨くことが当たり前だと思える海軍出身者には、飛行士たちが竜の清掃を竜自身にまかせっぱなしでいるのが信じられなかった。タオルで黒くなめらかな体をこすっているとき、ふとハーネスのことが気にかかった。「テメレア、ここ」革ひもに触れて尋ねた。「こすられてヒリヒリするんじゃないか？」

「ふふん、そんなにいつもじゃないよ」ローレンスのほうに首をめぐらし、テメレアが言った。「ぼくの体、だんだん硬くなっていくからね。それにちょっと痛いときは、姿勢を変えるんだ。そうすれば、だいじょうぶ」

「そうか、すまなかった。もう、きみの体はこれにはおさまりきらないんだ。今後は、いっしょに飛ぶとき以外は、ハーネスをはずすことにしよう」

「それって、いけないことじゃない？　あなたが服を着ないみたいに」テメレアが言う。「ぼく、野良《のら》ドラゴンみたいに見られるのはいやだなあ」

「首にもっと太い鎖を付けるというのはどうだろう」ローレンスは、ケレリタスが付けていた金色の首輪を思い出して言った。「きみを苦しめるような習慣を、ただ惰性で守るのは気に入らない。こっちが楽するために付けっ放しにしておくなんて、なおさらだ。今度、空将に会う機会があったら、このことについて提案してみよう」

ローレンスはテメレアをうまく説得し、正面広場に着いたあと、ハーネスをはずした。テメレアは、最初いくぶん神経質そうにまわりのドラゴンを見まわしていた。ドラゴンたちは、湖から水をしたたらせて戻ってきたテメレアをおもしろそうに眺めていた。だがそれはただの興味であって、驚いているわけではない。ローレンスはテメレアの金と真珠の鎖をハーネスからはずし、テメレアのかぎ爪のひとつに指輪のように巻きつけた。テメレアはすっかりくつろいで、温かな敷石の上に身を横たえた。

「確かに、付けてないほうが気持ちいいや。これまで気づかなかったけど」声を潜めてローレンスに告げると、ハーネスの留め具が当たっていたところをかぎ爪で掻いた。そこだけ表皮が硬くなり、数枚のうろこが傷ついていた。

ローレンスはハーネスを清掃していた手を止めて、テメレアを撫でた。「ほんとうにすまなかったね」傷を負った箇所を見ると、後悔がこみあげた。「薬をさがしてこよう」

「ぼくのもはずして！」突然甲高い声がしたかと思うと、一頭のウィンチェスターがマクシムスの背後から羽ばたいて、目の前に着地した。「だめですか？」

ローレンスはためらった。ほかの担い手のドラゴンの世話を焼くのは出すぎたまねではないだろうか。「きみのハーネスをはずすかどうかは、きみの担い手が決めることじゃないかな。わたしがそんなことをしたら、気を悪くするかもしれない」

「もう、三日も来てくれないんだ」ウィンチェスターは小さな頭を落とし、悲しげに言った。体は馬の二倍ぐらいしかなく、竜の肩がちょうどローレンスの頭の高さにあたる。近づいてみると、体表のあちこちに乾いた血がこびりついていた。ほかのドラゴンとちがってハーネスも清潔ではなく、手入れもよくないようだ。あちこちに染み

まだ濡れているタオルをつかんで、小さなドラゴンの体を拭きはじめた。

「こっちへ来て、もっとよく見せておくれ」ローレンスはおだやかな声で言い、まだ濡れているタオルをつかんで、小さなドラゴンの体を拭きはじめた。

「ありがとう」ウィンチェスターはうれしそうに布のほうに体を寄せ、恥じらうように言った。「ぼくの名は、レヴィタス」

「ローレンスはぼくの担い手なんだぞ」テメレアがいささかけんか腰になって言った。

ローレンスは驚いてテメレアを見あげ、レヴィタスを拭く手を止めて、テメレアの脇腹をぽんぽんと叩いた。テメレアは腰をおろしたが、それでも瞳孔を細くして、作業が終わるまでレヴィタスを見つめていた。

「きみの担い手がどうしたのか訊いてあげようか?」最後のひと拭きを終えて、ローレンスは言った。「もしかしたら、体調がすぐれないだけかもしれない。それなら、すぐに復帰してくるだろう」

「そうじゃないと思うな」レヴィタスが、またも悲しげに言った。「でも、すごくさっぱりした」感謝するように頭をローレンスの肩にこすりつけた。

テメレアが低いうなりをあげ、かぎ爪を敷石に立てた。レヴィタスが短い叫びをあげて、マクシムスの背後にぴょんと戻り、もう一頭のウィンチェスターに体を寄せて小さくなった。ローレンスはテメレアのほうを振り向いた。「おいおい、それは嫉《しっ》妬《と》ってやつかい？　彼は担い手に世話してもらえないんだ。少しぐらい面倒を見たって、きみが妬《ねた》む必要はないと思うけどね」

「あなたは、ぼくのものだ」テメレアはむきになって言ったが、恥じらうように首をすくめ、小さな声で付け加えた。「だけど、彼ならちっちゃいから、拭くのはぼくより簡単だよね」

「きみがレティフィカトの倍の大きさだったとしても、ちゃんと拭いてあげるよ」ローレンスは言った。「見習い生たちが彼の面倒を見てくれるかもしれないな。明日、訊いてみよう」

「ふふん、それはいいね」テメレアはうれしげに言った。「どうして、彼の担い手はやってこないんだろうね。あなたはそんなに長くぼくを放っておかないよね？」

「ぜったいに、しない。力ずくで連れ去られないかぎりね」ローレンスは言った。頭の鈍いドラゴンが相手の場合、知的に満足できるつながりが見いだせないということはあるだろう。それでも、逓信使のジェームズがヴォラティルスに示すような親愛の情は持てるのではないか。それに、レヴィタスは、体は小さいが、ヴォリーよりも明らかに知能が高い。どこの軍隊にもいるように、飛行士のなかにも責任感に欠ける人間がいるということか。しかし、英国にドラゴンが不足している状況で、その一頭がないがしろにされているのは非常に残念なことだ。ドラゴンの戦闘能力にも影響するにちがいない。

ローレンスはテメレアのハーネスを、地上クルーが働いている大きな工房に運びこんだ。日暮れ間近だったが、建物の前にはまだ何人かいて、煙草をくゆらしていた。ローレンスのほうを興味深そうに眺めるが、挨拶はなく、かといって冷淡というわけでもない。「ああ、あなたがテメレアの……」ひとりがようやく手を差し出し、ハーネスを受け取ろうとした。「壊れたんですか？　正式なハーネスはあと数日かかりますから、修理しましょう」

「いや、クリーニングが必要なだけです」ローレンスは言った。

「なるほど、あなたにはまだハーネス番がいないんですね。竜の訓練がはじまるまで、地上クルーは正式にはあなたの仕事を受けられないんですが……」同じ男が言った。「でも、なんとかしましょう。ホリン、これを磨いてくれないか？」男は、奥で革を扱っていた青年に呼びかけた。

ホリンと呼ばれた青年が、前掛けで手の油を拭きながらあらわれた。いかにも仕事ができそうな大きな手をしている。「承知しました。でも、これをぼくが付けにいったら、竜は暴《あば》れたりしませんか？」

「心配ご無用。彼はハーネスを装着しない状態が好きなんだ。横に置いておくだけでいいよ、ありがとう」ローレンスはきっぱりと言い、青年のとまどいには取り合わなかった。「ところで、レヴィタスのハーネスも、手入れが必要なようだが……」

「レヴィタス？　それなら、彼のキャプテンが自分のチームの者に言うんじゃないですかね」最初に応対した男が、パイプ煙草をくゆらしながら言った。

確かにそうかもしれないが、情味のない答えだ。ローレンスは男に冷ややかな視線を返し、無言の圧力を加えた。にらまれた男は居心地悪そうに体を揺らした。ローレンスは努めて声を抑えた。「必要な仕事をして責められるとしたら、それは由々《ゆゆ》しき問題だな。体面を重んずるあまり、ドラゴンが不健康な状態にさらされている――それでもいいという人間がこの航空隊にいるとは思わなかった」

「テメレアにハーネスを届けるついでに、ぼくがやっておきます」ホリンがあわてたように言った。「なあに、レヴィタスはちっこいから、たいした手間じゃありません」

「ありがとう、ミスタ・ホリン。わたしの考えをわかってくれて感謝する」ローレンスは身をひるがえして本部のある城砦に向かった。背後から「ありゃあ、〝規律の鬼〟だな。下で仕事すると苦労するぞ」というささやきが聞こえた。もちろん、そんなことを聞かされてうれしいわけがない。ローレンスは海軍時代、けっして鬼艦長ではなかったし、恐怖や厳罰ではなく、尊敬によって部下をまとめていると自負していた。多くの部下たちが艦長のために率先して動いたものだ。

だが、どこか後ろめたい気持ちもあった。レヴィタスの担い手の頭越しに、強引に交渉してしまったことは事実だ。その人物から文句を言われてもしかたない。だが、悔《く》やむのはよそう。レヴィタスが無責任に放置されているのは明らかだ。ドラゴンの世話を怠《おこた》り、不快な状態に置いておくことは、ローレンスには許しがたい任務の怠慢《たいまん》に思えた。しかし、今回は、航空隊の格式張らないところが自分に味方してくれるかもしれない。海軍なら侮辱的行為と見なされてもしかたないが、ここなら運がよければ露骨《ろこつ》な干渉とは受けとられずにすむ。

ロッホ・ラガン基地での初日は、あまり幸先《さいさき》のよいものではなかった。疲れ果て、気持ちも萎えている。案じていたほどには、ひどい扱いを受けなかったし、耐えがたい思いをしたわけではないが、こころよく歓迎されてもいなかった。海軍の整然とした、心地よい規律がなつかしかった。もうそこには戻れないとわかっていながら、広大な海に囲まれて、テメレアとともにリライアント号の甲板にいるところを心に思い描いた。

6　レヴィタスの担い手

東の窓から差しこむ朝日で目覚めた。前夜、部屋に戻ると、冷えきった料理が待っていた。トリーが約束を守って運んできてくれたようだ。数匹の小バエがたかっていたが、海の暮らしに慣れた者にはなんでもなかった。手で払いのけ、きれいにたいらげた。それから夜食の時間まで休息をとり、風呂にも入るつもりだったのだが……。結局、こうして一夜明けると、ベッドの上で朝日を浴びながら、一分近くぼうっと天井を見つめている。

きょうの訓練のことをはっと思い出し、あわてて飛び起きた。シャツとズボンのまま眠っていたが、幸いにも替えはあった。当然ながら服は新品だ。地元で仕立て屋をさがして、もう一着用意しなければと考えつつ、上着に袖《そで》を通した。ひとりで身支度《みじたく》を調えるのはひと苦労だったが、なんとかやりおおせ、それなりにさまになったと思える恰好で階段をおりた。

上級士官のテーブルは、ほとんど人がいなかった。グランビーの姿はないが、テーブルの端で食べているふたりがこちらに送って寄こした視線に、彼の影響力のようなものを感じた。テーブルの最上席に近い位置に、上着を着ていない赤ら顔の恰幅《かっぷく》のよい男がいて、卵とブラッド・ソーセージとベーコンを山盛りにした皿に向かっていた。ローレンスはあたりを見まわし、料理を並べたサイドボードをさがした。

「おはようございます、キャプテン。コーヒー、それとも紅茶ですか?」ふたつのポットを持って、トリーが近づいてきた。

「ありがとう、コーヒーをもらおう」ローレンスは一杯目を一気に飲みほし、トリーが立ち去る前にお代わりを求めた。「料理は自分で取りにいくのかい?」

「いいえ。レイシーがすぐに卵とベーコンを持ってきますよ」トリーが、歩み去りながら答えた。

「おはようございます!」今度は粗《あら》い手織り布の服を着た少女があらわれ、快活に挨拶した。手に持つ皿から湯気が立ちのぼっている。ローレンスはうまいベーコンに目がなかった。とくにこの食堂のベーコンは珍しいスモークの香りがして味わい深く、目玉焼きの黄身はいかにも新鮮そうなオレンジ色だった。高い窓から朝日が差しこみ、床の上を細長い日だまりが移動していくのを視界の端でとらえながら、料理を掻きこんだ。

「喉に詰まらせるなよ」恰幅のよい男がローレンスのほうを見て言った。「トリー、紅茶をくれ」嵐のなかでもよく通るだろう大きな声だ。「きみがローレンスか？」カップに紅茶が注がれたところで、男が尋ねた。

ローレンスは口のなかのものを飲みくだした。「ええ、そうです。お名前を存じあげませんが……」

「バークリーだよ」男が言った。「きみだな、ドラゴンにおかしな考えを植えつけているのは。うちのマクシムスが今朝から、水浴びをさせろ、ハーネスをはずせとうるさいのなんの。まったく、ばからしい」

「失礼ながら、そうは思いませんね。ドラゴンに不快な思いをさせないためですから」ローレンスは抑えた声で言ったが、ナイフとフォークを持つ手に思わず力が入った。

バークリーがじろりと見返した。「なんだって？　わたしがマクシムスを放ったらかしにしてるとでも？　どこにドラゴンを洗うやつがいるものか。少々汚れてたって、あいつらは気にしない。堅いうろこで覆われてるんだから」

ローレンスは感情を抑えて、ナイフとフォークをおろした。食欲はすでに失せていた。「あなたのドラゴンは、ちがう意見を持っているかもしれませんよ。不快でないかどうかは、ドラゴン自身に尋ねてみないと」

バークリーはローレンスをにらみつけたが、フンと鼻を鳴らして言った。「きみがドラゴンなら、まぎれもなく火噴きだな。まったく海軍の人間は、頑固で融通がきかなくて困る」紅茶を飲みほし、椅子から立ちあがった。「じゃ、あとで。ケレリタスが、マクシムスとテメレアをいっしょに飛ばすと言ってたぞ」そう言うと、親しげとしか言いようないうなずきをローレンスに送って、テーブルをあとにした。

ローレンスは、バークリーの突然の態度の変化に面食らったが、約束の時間が迫っていたので、もはやそれについて考えている余裕はなかった。テメレアがカリカリして待っていた。きのうはよかれと思ってハーネスをはずしたが、それが裏目に出て、大あわてで装着しなければならなくなった。ふたりの地上クルーに助けてもらい、どうにか間に合って城砦の裏側の広場に到着した。

ケレリタスは、ローレンスたちが到着してほどなく、断崖の洞穴《ほらあな》のひとつからあらわれた。年長で位の高いドラゴンには、個別の住居が割り当てられているにちがいない。トレーニング・マスターは翼を広げてふわりと飛ぶと、広場に後ろ足で着地し、テメレアを頭から尾の先までしげしげと見つめた。「ふーむ、胸の厚みは充分だな。息を吸って……そう、いいだろう」前足を地上におろして、つづけた。「さてと、これから飛ぶところを見せてもらう。この谷を大きく二回、旋回してくれ。最初は水平に。つぎは背面飛行で。楽なペースでよろしい。姿勢を見たいのだからな、スピードではなく」頭を縦に振ってしめくくる。

テメレアが勢いよく舞いあがった。「落ちつけ!」ローレンスは手綱を引いてたしなめた。テメレアはしぶしぶ減速し、滑空しながらやすやすと弧を描いて一周した。つぎは背を下にして一周。「ようし、今度はスピードをつけて」ケレリタスが叫んだ。ローレンスは上半身を竜の首にぴったりと寄せた。翼が激しく打ちおろされ、風がものすごいスピードで耳をかすめていく。ローレンスはこのかつてないスピードに血が沸《わ》きたち、竜がくるりと回るとき、思わず小さな歓声をあげた。

周回を終えたときも、テメレアの息はほとんど乱れていなかった。また広場に戻ろうとして谷を半分ほど横切ったあたりで、突然、吼《ほ》える声がして、大きな黒い影がテメレアの上に差した。見あげると、あのマクシムスだった。まるで体当たりするように、急降下で突っこんでくる。テメレアがぴたりと前進を止めて、宙でホバリングした。マクシムスはその前をかすめ、地面すれすれまで降下すると、ふたたび舞いあがった。

「いったい、なんのつもりだ、バークリー?」ローレンスは腰を浮かせ、声を張りあげた。怒りのあまり、手綱を握る手が震えている。「説明しろ、こんな乱暴な――」

「すごいじゃないか! どうやったら、そんなことができるんだ?」バークリーが、まるで何事もなかったかのように、気やすく叫び返した。マクシムスはテラスに向かって悠々《ゆうゆう》と飛んでいた。「ケレリタス、見たかい?」

「ああ、見た。さあ、テメレア、おりてきなさい」ケレリタスが広場から呼びかけた。

「マクシムスは、わたしの命令で襲いかかった。キャプテン、そんなに苛立つな」テメレアが広場の端に着地すると、ケレリタスはローレンスに言った。「実は、これがもっとも重要なテストだ。上を見られない状態にある竜が、上空から迫る脅威に、どう反応するか――。いくら訓練しても、この恐怖を克服できない竜もいるからな」

ローレンスはまだ神経が逆立っていたし、テメレアも同様だった。「すっごく不愉快だよ、あんなことされるのは」いきりたって、マクシムスに抗議した。

「わかるよ。おれも訓練のしょっぱなに同じことされたから」マクシムスが快活に、悪びれるようすもなくテメレアに言った。「なあ、いったいどうやったら、あんなふうに空中で止まっていられるんだ?」

「そんなの考えてみたことないよ」テメレアがいくらかおだやかになり、首を長く伸ばして自分の体を振り返った。「たぶん、羽ばたきの方向がいつもとちがうんじゃないかな」

ローレンスはなだめるようにテメレアの首を撫でた。ケレリタスが頭を近づけ、テメレアの翼の関節をしげしげとながめた。「竜がふつうに持つ能力だと思っていました。そうではなかったのですか?」と、ローレンスは尋ねた。

「そうだな、かれこれ二百年生きてきたが、あのような能力ははじめて見た」ケレリタスは落ちつき払って言い、腰を落とした。「アングルウィングは、ごく小さな円を描いて飛ぶことができる。しかし、宙の一点にとどまるような飛び方はできない」かぎ爪でひたいをカリカリと掻いた。「この能力をどう活用するかを、考えねばなるまいな。とりあえず、すばらしい爆撃ドラゴンになることは間違いないだろう」

ローレンスとバークリーは、夕食のあいだも、テメレアの特殊能力について、テメレアとマクシムスをどう連携させるかについて、議論をつづけた。ケレリタスは一日かけて、二頭を訓練し、テメレアの飛行能力を調べたり、マクシムスと競い合わせたりした。ローレンスは以前から、テメレアの飛行には速力と敏捷《びんしょう》性があると感じていたが、ケレリタスから同じことを指摘されると、特別にうれしく誇らしかった。テメレアの能力は、年上で大柄なマクシムスをはるかに上まわっていた。

成長すれば、いまの飛行能力を維持しながら、二倍のスピードで飛べるようになるかもしれない、とケレリタスは言った。もしかしたら、編隊から抜け出して先に攻撃したのち、定位置に戻って仲間とともに二度目の爆撃もできるのではないか。

バークリーもマクシムスも、テメレアといっしょに飛ぶことを喜んでいた。もちろん、リーガル・コッパー種は英国航空隊において第一級のドラゴンで、大きさと破壊力においてテメレアはかなわない。つまり妬まれる根拠もないということだ。それでも初日が緊張の連続であっただけに、ローレンスは敵意にさらされないこの状況をひとつの勝利と受けとめた。

バークリーは、風変わりな男で、新任キャプテンにしてはいくぶん年齢が高かった。人への接し方も独特で、ふだんはおだやかだが時折り感情を爆発させる。だが、任務に対しては真摯《しんし》で、仲間には充分に友好的だった。テーブルについてほかの士官が集まってくるのを待っているとき、バークリーが出し抜けに言った。「きみは嫉妬にさらされるだろうな。極上のドラゴンをいきなり手に入れたんだから、当然だ。わたしは、マクシムスが卵から孵るのを六年間待った。まあ、待つだけの価値はあったよ。だがもし、マクシムスがまだ殻のなかにいるとき、きみがインペリアルに乗って飛びまわるのを見たら、むしゃくしゃしたはずだ」

「待った？」ローレンスは尋ねた。「卵が孵る前から、マクシムスに乗ることが決まっていたんですか？」

「そう、あいつの卵が産み落とされたときからな。この国でリーガル・コッパーの卵が産み落とされるのは、三十年でせいぜい四、五個といったところか。航空隊司令部は、生まれてくる竜を誰が担当するかを運まかせにはしない。わたしは担当に決まったときから地上勤務となって、ここで孵化を待ちながら、新入りたちの教官を務めるようになった。あんまり待たせないでください、と神に祈りつづけたものさ。だが、祈りはなかなか届かなかった」バークリーは鼻を鳴らし、グラスのワインを飲みほした。

きょうの午前中の訓練だけでも、ローレンスにはバークリーの飛行士としての技能の高さがよくわかった。その優《すぐ》れた技能ゆえに、彼は稀少で価値の高いドラゴンをまかせられたのだろう。彼はマクシムスを心から慈《いつく》しみ、それを率直に表現していた。マクシムスとテメレアを広場に残していくとき、ローレンスは彼が大きなドラゴンにささやきかけているのを聞いた。「すぐにハーネスをはずさせるからな。おまえが楽になるなら、そのほうがいいよ」それから、彼は担当の地上クルーにマクシムスを引き渡した。別れぎわに、マクシムスは、バークリーを押し倒さんばかりに体をこすりつけていた。

士官たちがぽつぽつと食堂に集まってきた。おおかたの士官は、ローレンスやバークリーより若かった。彼らの快活でやや高めの声があふれはじめた。ローレンスはいくぶん緊張したが、心配したようなことはなにも起こらなかった。何名かの空尉候補生がローレンスをにらみ、グランビーは入ってくると、ローレンスからいちばん遠い席を選んだ。が、結局それだけだった。ほかの者たちは、ローレンスのことをさほど気に留めていないようだった。

長身で鼻筋の通ったブロンドの男が近づいてきて、小さな声で言った。「隣に失礼します」上級士官はみな上着をはおり、クラヴァットを結んで食事の席に来ているが、その男のクラヴァットにはぴしりと折り目が付き、上着もしっかりプレスされていた。「キャプテン・ジェレミー・ランキンです。お見知りおきを」男は丁重に挨拶し、握手を求めた。「はじめてお会いしますすね?」

「ええ。きのう着任したばかりです。キャプテン・ウィル・ローレンス。どうぞよろしく」ランキンがローレンスの手をしっかりと握った。ほどよく社交性を身につけた上品な男だった。自然に会話がはじまり、まもなく彼がケンジントン伯爵の子息とわかり、ローレンスはさもありなんと納得した。

「わが一族は、つねに三男を航空隊に送りこんできました。英国航空隊としてドラゴンたちが王室に帰属する以前、うちの先祖はドラゴンをつがいで飼っていたそうです」ランキンが言う。「実家へはよく帰っていますよ。実家はいまも、移動する竜と担い手の中継地となる小さな基地を営んでいます。わたしもしばしばそこへ足を運びます。もっと多くの飛行士が、わたしのように休暇をとれるといいのですがね」声を潜めて言い、テーブルを見まわした。

ローレンスは、ランキンに対して批判的な意見は言いたくなかった。彼は正論を言っている。が、それを彼の口から聞くと、なぜか嫌味な感じがした。「幼くして家を離れるのは、子どもにとってきついことでしょうね」ローレンスは如才《じょさい》なく返した。「わが海軍――いえ、海軍では十二歳未満の子どもは入隊させませんし、航海と航海のあいだには休暇を与えて、故郷に帰らせることもあります。あなたも、航空隊での修業時代はそんなふうに？」最後の質問はバークリーに向かって発した。

バークリーは口のなかのものを飲みくだし、ランキンのほうをちらりと見てから、ローレンスの質問に答えた。「いや、それはなかったな、わたしの場合。家に帰りたくて、ちょっとは泣いた。だが、そのうち慣れた。そしていつの間にか、ひよっ子たちがホームシックにかからないように遊んでやるほうの立場になっていた」それだけ言うとまた食事に戻り、それ以上話そうとはしなかった。そこでローレンスはいたしかたなく、ランキンとの会話に戻った。

「いけない――遅れた！」と叫んで、食堂に駆けこんできたのは、ほっそりした少年だった。まだ変声期前のようだが、そのわりには長身で、後ろで束ねた長い赤毛がほどけかかっている。少年はローレンスたちのテーブルの端《はし》で、ぴたりと足を止め、唯一の空席だったランキンの隣に腰かけた。この若さにして、彼はキャプテンなのだ。上着の両肩に、空佐《キャプテン》であることを示す二本の金の線章が入っていた。

「キャサリン、ワインはいかがですか?」ランキンが言い、ローレンスはびっくりして少年のほうを見た。一瞬、聞きちがいかと思ったが、よく見れば、キャサリンはまごうかたなき若い女性だ。ローレンスはテーブルを見まわした。誰も奇異なこととは思っておらず、隠しておくべきことでもないらしい。ランキンはキャサリンを丁重に扱い、彼女のために大皿から料理を取り分けた。

「ご紹介しましょう」ランキンがローレンスのほうをちらりと見て、「こちらが、テメレアに乗っているキャプテン・ローレンス。そして、こちらがミス――失礼――キャプテン・キャサリン・ハーコート。竜の名はリリー」

「よろしく」女性は顔もあげず、ぼそりと言った。

ローレンスは頬が熱くなった。その女性はぴちぴちの膝丈のズボンをはき、上着は身につけず、シャツにクラヴァットを結んでいるだけなのだ。非礼にならない唯一の安全圏である頭のてっぺんを見つめて言った。「以後、お見知りおきを、ミス・ハーコート」

するとと、女性がさっと顔をあげた。「いいえ、キャプテン・ハーコート」色白の顔にそばかすが散っている。彼女は、ここは譲れないとばかりに、ランキンまでにらみつけて言い返した。

〝ミス〟と呼んだのは、ローレンスにとっては礼儀作法にかなったことだった。怒らせるつもりはなかったが、彼女は明らかに怒っている。「失礼しました、キャプテン」ローレンスはすぐに謝罪し、頭をさげた。が、目の前の女性をキャプテンと呼ぶのはやはり奇妙な感じがして、それが声に出ていないか不安になった。「あなたを軽んじたわけではありません」そう言ったとき、ふいに、彼女のドラゴンの名がよみがえってきた。きのうはじめて聞いたときは印象的だったのに、ほかに考えることが多すぎて、記憶から抜け落ちていたのだ。「あなたのドラゴンは、ロングウィングですね？」

ローレンスは丁重に尋ねた。

「そう。リリーは、ロングウィング」ドラゴンの名を口にするとき、彼女の声に温かさが加わった。

「ご存じないようですから、お教えしましょう、キャプテン・ローレンス」ランキンが言った。「ロングウィングという種は、男の担い手を受けつけないのです。種特有の奇妙な習性ですが、ありがたく思わなければなりませんね。そのおかげで、われわれはかくも魅力的な同僚と知り合うことができるわけですから」かしげた首で女性のほうを示してみせる。ローレンスは、ランキンの口ぶりに当てこすりを感じとり、思わず眉をひそめた。彼女はぜんぜん緊張を解いていない。それどころか、ランキンの言葉にいっそう神経を尖らせ、悔しげに唇を結んで自分の皿を見おろしている。

「このような軍務に就くとは、あなたはとても勇敢な方ですね。ミ——キャプテン・ハーコート。では、あなたの健康を祈って乾杯」〝ミス〟と言いそうになるのをとっさに避けて、ローレンスはワインのグラスを掲《かか》げ、ひと口だけ飲んだ。ほっそりした若い女性にグラスを飲みほさせるのは気が引けた。

「別に珍しいことをやってるわけじゃないわ」彼女はぶつぶつ言うと、少し遅れて自分のグラスを掲げた。「あなたの健康を祝って」

ローレンスは心のなかで彼女の肩書きと名前を繰り返した。一度正されながらまた言い間違えるのはあまりに不作法だった。しかし、それでもまだ目の前の事実を消化しきれず、彼女の顔をちらちらと観察した。髪を後ろに引っつめているせいもあるのだが、見るからに少年の顔だちだ。そのうえ男装とくれば、誰しも最初は見間違えるだろう。彼女自身が、見間違えられることを望んでいるのではないだろうか。

話しかけたら、質問をこらえるのに苦労するだろうが、ローレンスはそれでも彼女と話してみたかった。だが、ランキン越しに話しかけてもまともな会話は望めそうになく、おのずと物思いに沈んでいった。ロングウィング種が女性しかキャプテンとして受け入れないというのは、はじめて知る衝撃の事実だった。この細い体でどうやってきつい任務をやりこなすのだろう？　適正なハーネスを付けていなかったとはいえ、ローレンス自身、きょう一日の飛行訓練で疲労困憊した。これを女性が毎日つづけているとは……。ロングウィングが必要だとしても、女性には過酷すぎる任務ではないだろうか。しかしロングウィングは、リーガル・コッパーと並んで、いやそれ以上に、強い戦闘能力を持つ英国産ドラゴンだ。ロングウィングがいなければ、イングランドの防衛はおそろしく手薄になってしまうだろう。

そんなことを考えながら、ローレンスはランキンの如才ないおしゃべりに相槌《あいづち》を打った。キャプテン・ハーコートとバークリーは黙りこみ、話しかけてこようとしなかったが、ロッホ・ラガン基地での最初の夕食は、想像していたよりは快適に時間が流れた。食事が終わり、ローレンスが席を立とうとすると、ランキンが言った。「よろしければ、士官クラブでチェスなどいかがです？　めったにチェスをする機会がないのです。さっきあなたがチェスをなさると聞いて、お誘いしたくなりました」

「ありがとう。お誘いはうれしいのですが……」と、ローレンスは言った。「失礼しなければ。テメレアに本を読んでやる約束なんです」

「本を読んでやる？」ランキンは驚きを隠そうともせず、おもしろそうに言った。「なんという献身ぶり。竜の担い手になったばかりのときは、そういうものですね。しかし、あえて言わせてもらうなら、ドラゴンというのは、ほとんどのことは自力でできる生きものです。余暇をすべてドラゴンに捧げるキャプテンもいますが、彼らのまねはしないほうがいい。社交の楽しみまで犠牲にする必要はありません」

「お気遣い感謝します。でも、わたしの事情はちょっとちがうようです」ローレンスは言った。「テメレアは、わたしにとって、最良の友人なのです。いっしょにいるのは彼のためでもあり、わたし自身のためでもある。でも、もし夜遅くてもかまわないなら、あとでごいっしょすることはできますよ――あなたが早寝早起きの励行者でなければ」

「それはうれしい」ランキンは言った。「わたしの時間ならお気遣いなく。実は、訓練でここにいるのではなく、伝令使《でんれいし》として服務しています。だから、訓練生と同じ時間割で生活する必要もないのです。こっそり打ち明けておきますが、ほとんどの日は午《ひる》近くまで下におりていきません。では、今夜、またあとで」

テメレアのもとに向かおうと食堂を出たとき、入口のすぐそばに、見覚えのある三人の見習い生がしゃがみこんでいるのを見つけた。砂色の髪の少年と仲間ふたりで、三人とも手に白いタオルを持っている。自分を待っていたのだと察して、ローレンスはひそかににんまりした。「キャプテン！」砂色の髪の少年がぴょんと立ちあがった。「タオルはいりませんか――テメレアのために持ってきました。さっき、採食場で食事してるのが見えたから」

「おや、ローランドじゃないか。こんなところでなにしてるんだ？」皿をかかえて食堂から出てきたトリーが、三人の見習い生を見つけて足を止めた。「キャプテンを困らせちゃだめだぞ」

「困らせてないよ。ですよね？」そうであってほしいと願うような目で、少年はローレンスを見あげた。「お手伝いがいたほうがいいですよね。だって、テメレアはすごく大きいから。モーガンもダイアーも、自分の搭乗ベルトを持ってきています。カラビナの着脱だって、ぜんぜん問題ありません」そう言って、ローレンスが見たことのない奇妙な人間用ハーネスを指さした。それは、編みひもを締めて腰にぴったりと装着する厚い革のベルトで、二箇所から革ストラップが垂れて、その先に鉄製の大きなリングが付いていた。このリングがおそらく〝カラビナ〟と呼ばれるものなのだろう。リングの一部が二重になっており、そこを開いて、別のなにかにがっちりと固定する仕掛けになっているようだ。

ローレンスは姿勢を正して言った。「テメレアはまだ正式なハーネスを付けていないんだ。それを使えるかどうかはわからないな」少年たちの意気消沈した顔を見て、思わず頬がゆるみそうになるのをこらえた。「それでもよければ、いっしょにおいで。使えるかどうか試してみよう。ありがとう、トリー」給仕《きゅうじ》のほうに向かってうなずいた。「だいじょうぶだよ、この子たちは迷惑なことはなにもしていない」

トリーは、「了解！」と言ってにんまり笑い、自分の仕事に戻っていった。

「きみがローランドだったね？」ローレンスは正面広場に向かいながら、早足でついてくる砂色の髪の少年に話しかけた。

「はい。見習い生のエミリー・ローランドです。なんなりとご用命を」エミリーは仲間たちのほうを見ていたので、ローレンスの驚きにはまったく気づいていなかった。

「こちらが、アンドルー・モーガン。こちらが、ピーター・ダイアー。みんな、ロッホ・ラガンの見習い三年生です」

「ぼくたち、とにかくお手伝いしたいんです」とモーガンが言うと、小柄でまん丸な目をしたダイアーがこくんとうなずいた。

「そうか、わかった」ローレンスはとりあえず言葉を返し、エミリーという、まぎれもない少女の名を持つその子をちらりと見おろした。仲間と同じように髪を短く切っているし、体つきもがっしりしている。声がかすかに高いような気もするが、この容姿では少年と見間違うのは当然だ。そして、はっと気づいた。航空隊は、ロングウィングの孵化に備えて、つねに何人かの少女を迎え入れておく必要があるのだ。キャプテン・ハーコートもそのようにして訓練を受けてきたのだろう。しかし、こんな年頃の娘を航空隊の厳しい訓練に送り出すのは、いったいどんな両親なのか、と考えずにいられない。

正面広場に出ると、そこは騒々しい音と活気にあふれていた。ドラゴンの羽ばたき、ドラゴンの声。ロッホ・ラガン基地にいるすべてではないだろうが、かなりの数のドラゴンが食事から戻り、それぞれのチームの者がハーネスを清掃するために忙しく立ち働いていた。夕食時にランキンが言ったこととはちがい、ほとんどのドラゴンのそばにキャプテンが立って、頭を撫でたり、話しかけたりしている。おそらくは、これが竜の担い手たちの自由時間に毎日繰り返されている光景なのだろう。

テメレアの姿はすぐには見つからなかった。騒がしい広場をしばらくさがしたあと、まるでこの喧噪《けんそう》を避けるかのように、城壁の外側にぽつんといるテメレアを見つけた。ローレンスはそばに行く前に、見習い生たちを引き連れてレヴィタスのもとへ向かった。レヴィタスは城壁の奥まった場所で体を丸め、世話をされているほかのドラゴンたちをじっと見つめていた。しかし、その外見はきのうよりはずいぶんましになっている。ハーネスの革はほどよく油分を与えられ、いかにも使いこまれたという感じでしなやかそうだ。革ひもの各所に付いた鉄製のリングもよく磨かれていた。

このリングに、搭乗ベルトのカラビナを留め付けるのだろうと、ローレンスは想像した。レヴィタスはテメレアより小さいとはいえ、短い移動なら、三人の見習い生ぐらい楽々と乗せていけそうだ。そばに人が来ただけでレヴィタスはうれしそうな顔になり、ローレンスが見習い生を乗せることを提案すると目を輝かせた。

「いいよ。きみたちを乗せるのなんか、わけないさ」レヴィタスが三人の見習い生を見つめ、三人も同じくらい目を輝かせてレヴィタスを見返した。三人はリスのようにすばしこく竜の体にのぼり、めいめいが搭乗ベルトの二箇所のカラビナを、竜のハーネスに留め付けた。その手慣れたようすからは、この一連の動作を何度も練習してきたことがうかがえた。

ローレンスはそれぞれのリングを調べ、しっかりと装着されていることを確認した。

「けっこう。それでは、レヴィタス、この子たちを湖の岸辺まで運んでくれ。テメレアとわたしはあとから行く」ドラゴンの脇腹をぽんと叩いて言った。

レヴィタスと見習い生たちが行ってしまうと、ローレンスはドラゴンと人々の合間を縫って移動し、門から外に出た。テメレアを見たとき、一瞬足が止まった。どことなく、しょんぼりしているように見える。今朝、最初の訓練を首尾よく終えたあとの、あのうれしげなようすとはちがった。ローレンスはテメレアのもとに駆け寄った。

「具合でも悪いのか？」顎まわりを調べると、そこには食事したときの肉くずと血がこびりついていた。食欲もあったにちがいない。「よくないものを食べたのか？」

「どこもなんてことないよ」テメレアが言った。「ただね、ローレンス……ぼくはちゃんとしたドラゴンだ、そうでしょ？」

ローレンスはテメレアを見つめた。こんなに自信なさそうな声を出すテメレアははじめてだ。「きみは、この世界のどこへ出しても恥ずかしくない、ちゃんとしたドラゴンだ。どうして、そんなことを訊くんだい？　誰かに意地悪されたのか？」もしやと想像をめぐらし、怒りがこみあげた。自分が飛行士たちからうさん臭げな目で見られたり、勝手なことを言われたりするのはまだいい。だが、テメレアを傷つけるのだけは、ぜったいに許せない。

「ふふん、ちがうよ」だがローレンスは、テメレアの言葉をすぐには信じなかった。

「意地悪はされてないよ。でも、みんなから、じろじろ見られてる。食べてるときとかね。どうも、ぼくはほかとちがうみたいだ。みんな、もっと鮮やかな色をしてる。ぼくみたいに、翼にたくさん関節がない。みんな、背中がごつごつしてる。なのに、ぼくは平らだ。それに足の爪も多い」テメレアはちがいをあげつらいながら、首をめぐらし、自分の体を見つめた。「だから、みんな、変な目でぼくを見るんだ。でも、意地悪はしない。ねえ、こんなにちがうのは、ぼくが中国のドラゴンだからでしょ？」

「そのとおり。ついでに、中国人が世界に名だたるドラゴンを生み出していることも思い出すんだね」ローレンスはきっぱりと言った。「みんな、きみをうらやんでいるだけさ。いいね、自分を疑っちゃだめだ。今朝、ケレリタスがきみの飛行に関して言ったことを思い出せ」

「でも、ぼくは火を噴けない。毒も噴けない」テメレアはしおしおと地面に腰を落とした。「マクシムスのように大きくもない」少し黙りこみ、またつづける。「マクシムスとリリーがまず食べるんだ。ほかのみんなは、そのあいだ待ってなくちゃいけない。そして、マクシムスとリリーの食事が終わったところで、みんなでわっと飛びかかって、一斉に奪い合って食べるんだよ」

ローレンスは眉をひそめた。ドラゴンにも階級付けがあるとは知らなかった。「この国にきみと同じ種は一頭としていない。だから、きみのいるべき位置がまだ定まっていないんだ。もしかしたら、キャプテンの階級と関係あるかもしれないな。ぼくはここでは新米だからね」

「だとしたら、ばかげた話だよ。だって、あなたはみんなよりも年上で、たくさん経験を積んでるんだから」ローレンスを軽視することへの怒りを表明すると、テメレアは少しだけ威勢がよくなった。「あなたは、ぼくを戦いで勝ちとった。ほかの人たちは、訓練を受けただけなのに」

「だけど、それは海での話。空では事情がちがってくる」ローレンスは言った。「まあ、年功序列だけで、その人の知恵や徳ははかれないものだけどね。考えすぎないことだよ。あと一、二年もしたら、きみは正当な評価を受ける。そんな調子で、しっかり食べられたのかい？　なんなら、もう一度、採食場に戻ってもいいんだよ」

「ふふん。おなかいっぱいだ。思う存分、狩ってやったよ……ほかのドラゴンがぼくのそばに寄ってこないから」

また悲しくなったのか、押し黙ってしまう。ローレンスは言った。「おいで、水浴びに行こう」

テメレアはそれを聞いて、少し晴れやかになった。こうして一時間ほど、湖でレヴィタスと遊び、見習い生に体を洗ってもらい、ずいぶん元気を取り戻した。そのあとは正面広場に戻り、温かな敷石の上に横たわり、ローレンスを包みこむように体を丸めた。本を読んでやると、さっきよりは幸せそうに見えた。それでもときどき、かぎ爪に巻きつけた金と真珠の鎖に舌先で触れていた。それがテメレアにとって自分を安心させるおまじないになっているようだ。ローレンスは愛情をこめて本を読み、心地よく椅子代わりにしている竜の前足を撫でた。

その夜は、心の雲が晴れないまま、士官クラブに行った。部屋に入ると、一瞬にして場が静まり返ったが、すでに鬱々《うつうつ》としているローレンスにはさしたる効果もおよぼさなかった。グランビーがドア近くに置かれたピアノのそばに立っており、敬礼をしながら、「ようこそ、偉いお方《サー》」と挨拶した。

その態度にはかすかな傲慢《ごうまん》さが漂っていたが、叱責するほどではないと判断した。ローレンスはごくふつうに挨拶されたかのように、「ミスタ・グランビー」と応えてうなずきの挨拶を返した。まわりにも丁重に視線を送り、焦《あせ》っていると思われない程度の早足で、部屋の奥へと進んだ。ランキンは、部屋の片隅の小さなテーブルで、新聞を読んでいた。ローレンスは、ランキンに挨拶した。彼が棚からチェス盤を取ってきていたので、すぐにふたりでコマを並べはじめた。

部屋には会話のざわめきが戻っていた。ローレンスはそれとなく、士官クラブのなかを観察した。目を凝らせば確かに、部屋のあちこちに数人の女性士官がいた。しかし女性の存在が周囲を緊張させているようすはなく、みんな気やすく言葉を交わし合い、にぎやかなおしゃべりの声が飛び交っていた。

ローレンスは、その和気あいあいとした雰囲気から、自分だけが取り残されているように感じた。彼らの流儀に自分は合わないし、彼らも自分の流儀には合わないだろう。ふさわしくない場所にいるような気がして、孤独の針にちくりと胸を刺された。だがすぐにそんな気持ちを追い払った。海軍の艦長は孤独に強くないと務まらなかったし、テメレアのような相棒は存在しなくて当たり前だった。それに、今後はランキンとの交流に期待が持てるかもしれない。ローレンスはチェス盤に視線を戻し、ゲームに集中した。

ランキンは、チェスの腕がなまっていたのかもしれない。そして、ローレンスもチェスを極めているわけではなく、ほぼ互角で勝負がつづいた。ゲームをしながら、ローレンスがテメレアに関する心配を打ち明けると、ランキンは親身になって聞いてくれた。「彼を序列の上位に置かないとは、おかしな話ですね。だが、あえて申しあげれば、それは彼にまかせたほうがいい」と、ランキンは言った。「野に放ったときに彼らがするようにさせるのです。獰猛《どうもう》な種が狩りの優先権を獲得し、おとなしい種は引きさがる。彼自身が、仲間うちで一目《いちもく》置かれるように主張しなければなりません」

「つまり、戦いを挑めと？　ううむ、それでいいものかどうか」ローレンスはランキンの助言に驚いた。野生のドラゴンどうしが戦い合う昔のお伽《とぎ》ばなしのなかで、ドラゴンたちはどちらかが死ぬまで戦いをやめようとはしなかった。「稀少価値のあるドラゴンたちを戦わせるのですか？　たかだか食事の優先権をめぐって？」

「本格的な戦いになることは、まずありません。互いの実力はおおよそわかるものです。それに、一度でも自分の強さを実感したら、侮辱を許さなくなるでしょう。我慢しようなんて思わなくなります」

ローレンスはこの考えにあまり賛同できなかった。テメレアが優先権を力ずくで奪おうとしないのは、勇気が足りないからではなく、繊細であるからだ。彼はまわりのドラゴンから自分が認められていないことを、敏感に感じとってしまう。「彼を元気づける方法を見つけなければ……」ローレンスは沈んだ気分のまま言った。テメレアは、これから採食場に行くたびに、悲しい気持ちになるのだろうか。食事の時間をほかのドラゴンとずらさないかぎり、それは避けようがない。でもそうすれば、ますますテメレアの孤立感を深めてしまうのではないだろうか。

「そうだ、宝石を与えたらどうですか？　気持ちを落ちつかせることができますよ。どうしてあれで元気になれるか不思議ですけどね。わたしの竜が鬱《ふさ》いでいるときは、いつも安物の飾りを持っていってやるんです。すぐに大喜び。ご機嫌斜めの女をあやすようなものだ」

ローレンスは、このばかげた喩《たと》えに失笑した。「実はテメレアに首飾りをあげようと思っていました」真顔に戻ってつづけた。「あのケレリタスが付けているようなやつを。あれなら、彼を幸せな気分にしてやれるでしょう。ただ、どこに注文すればいいのか、さっぱりわからなくて」

「それならおまかせを。わたしは伝令使としてエジンバラに定期的に通っています。あの街の一流宝石店のなかには、ドラゴン用の装身具を扱う店もあります。スコットランドには航空隊基地がたくさんありますからね。なんなら、ごいっしょしましょうか？　喜んでご案内します。今週の土曜に、エジンバラへ飛びます。朝出れば、夕方には帰ってこられるでしょう」

「ありがとう、ご親切に」ローレンスにとっては願ってもないことだった。「まずはケレリタスから許可を得なければなりませんね」

翌朝、ローレンスがエジンバラ行きを申し出ると、ケレリタスは顔を曇らせ、じろりと見つめ返してきた。「キャプテン・ランキンといっしょに？　ふーむ、ならば、その日を最後に、もう自由はないものと思うことだな。きみには寸暇《すんか》を惜しんで、テメレアと飛行訓練に励んでもらわなければならない」

怒気《どき》さえ含んだケレリタスの強い口調に、ローレンスはぎくりとした。「それでかまいません」と返しつつ、もしかすると訓練から逃げたがっていると勘違いされたのではないか、と考えた。「わたしもそのつもりでした。テメレアの訓練がどれほど急がれているかは承知しています。もし、わたしが抜けて訓練に支障をきたすようなら、すぐにも、いまの申し出を取りさげます」

はじめの難色の原因がなんであったにせよ、ケレリタスはそれを聞いて態度をやわらげた。「ちょうど、地上クルーがテメレアに新しい装具を試す日を一日必要としている。土曜日をその日に当てよう」声からも険《けわ》しさが消えた。「誰かにきみの代わりをさせよう。テメレアがきみなしでハーネスを付けるのをいやがらなければ、なにも問題はない。最後の休暇とするがよい」

テメレアが、それでもかまわないと答えて、ローレンスのエジンバラ行きが決定した。土曜日まで、ローレンスは夜になると、その準備にいそしんだ。テメレアの首まわりを測り、さらに大きくなったらこんなものだろうかと、リーガル・コッパーの首まわりも測った。しかし、こうやってサイズを測るのは新しいハーネスのためだと、テメレアに説明した。いきなり首輪を贈ってびっくりさせたかったのだ。そうすれば、テメレアの心を覆う黒い雲が消え去り、あの機嫌のよいテメレアが戻ってくるのではないかと期待した。

デザインをあれこれ考えて紙に描くと、ランキンも楽しそうにそれを眺めた。夜半に彼とチェスをするのが日課になった。夕食のときも彼と席を並べ、ほかの飛行士たちとはほとんど話さなかった。残念ではあったが、それで充足していたので、さらに一歩踏み出すきっかけをつかめなかった。もちろん、誘いがなかったせいもある。ランキンも、ローレンスと同じように、ふつうの飛行士たちから一線を画されていた。ざっくばらんな航空隊のなかにあって、行儀作法の良さが敬遠されているのだろうか。ローレンスも同じ理由でそうされているのなら、この交流は互いにとってせめてもの慰めになるだろう。

バークリーとは朝食の席で会い、毎日いっしょに訓練をつづけた。ローレンスは、この訓練の相方が優秀な飛行士であり、空の戦術家でもあることを、ますます実感するようになった。だが夕食の席で、バークリーはあいかわらず黙りつづけていた。ローレンス自身、この男と親しく交わりたいのかどうか、はたして、そう意思表示することが歓迎されるのかどうか、よくわからなかった。そこで、ただ礼儀正しく接するだけにとどめ、話題は訓練に関することだけにした。知り合ってまだ日が浅い。バークリーがどういう人物なのかを見定める時間なら、これからたっぷりとあるだろう。

キャプテン・ハーコートに関しては、また会っても狼狽《うろた》えないぐらいの心構えはできた。だが、内気な性格なのか、彼女のほうから近づいてくることはなかった。テメレアが彼女の担うリリーと飛ぶようになっても、地上では距離をおこうとした。ところがある朝、食堂におりていくと、そこに彼女がいた。ごく自然な会話を求めて、ローレンスは彼女のドラゴンがなぜリリーと呼ばれるようになったのかと尋ねてみた。リリーという呼び名は、ヴォラティルスをヴォリーと呼ぶようなニックネームだとばかり思っていたが、キャプテン・ハーコートはまたも真っ赤になって、ぎこちなく言った。「この名前が好きだから。あなたこそ、なぜテメレアと名づけたのか説明して」

「正直に言うと、ドラゴンに名前をつけることなんて考えていなかった。そんなことを考える余裕もなかったんです」そう言いながら、まずい話題を選んでしまったのではないかと不安になった。テメレアという変わった名前について、まわりからなにか言われたことはない。そして、こうして名前の由来を語ることになってみると、けっこう気が重い。つまり、自分も彼女にとって訊かれたくないことを訊いてしまったのではないか……。「船にちなんだ名前です。テメレア号は、もとはテメレール号というフランス艦だったが、拿捕されて、英国艦になったんです。いまはその二代目が活躍している。九十八門、三層甲板艦。英国にとって主力戦列艦のひとつですよ」

ローレンスが告白したことで、キャプテン・ハーコートは少し気が楽になったのか、たんたんと語りはじめた。「あなたがしゃべってくれたから言うけど、わたしも同じようなものよ。リリーの卵は、どんなに早くてもあと五年は孵らないだろうと言われてた。だから、名前なんて考えてなかった。なのに突然、卵の硬化がはじまったの。そのときわたしはエジンバラ基地にいた。ウィンチェスターに乗って、このロッホ・ラガンまで飛んできて、浴場にたどり着いたのは、リリーが殻を破る寸前だったわ。

ただもうぽかんと見ているだけで、あの子から名前をつけてくれと言われても、頭のなかが真っ白――」

「すてきな名前です。彼女によく合っていますよ、キャサリン」ランキンが突然会話に割りこみ、同じテーブルについた。「おはよう、ローレンス。新聞を見ましたか？ピュー卿が、やっと令嬢の嫁《とつ》ぎ先を見つけましたね。押しつけられたフェロルドは、よほど困窮《こんきゅう》していたにちがいない」彼の噂話に登場するのはキャプテン・ハーコートの知らない人物ばかりだったので、彼女は会話から置き去りにされた。ローレンスは話題を替えようとしたのだが、彼女がひと言断って席を立ったので、もっと知り合えたかもしれないチャンスを逃してしまった。

土曜日の小旅行までの数日は、あわただしく過ぎた。訓練においては、テメレアの飛行能力がさらに細かく試され、リリーを司令塔としてテメレアとマクシムスがどんな隊形をつくればよいかが検討された。ケレリタスは、渓谷の訓練場で、ドラゴンたちを何度も何度も旋回させた。羽ばたきの数を減らして、あるいは猛スピードで、いかなるときも、互いの位置関係を保ちつづけるように。ある朝は宙返りの繰り返しばかりで、ローレンスは眩暈《めまい》を起こし、訓練が終わるころには顔が真っ赤になった。あの頑健なバークリーが、最後の課題を終えて、喘ぎながらマクシムスから転がり落ちた。ローレンスが駆け寄り、地面に寝かせた。足がきかなくなっているようだった。

マクシムスが心配そうにバークリーをのぞきこみ、低いうなりをあげた。「うなるのはやめろ、マクシムス。まったく。そんなにでかい図体のくせに、母鶏みたいに世話をやきたがるんだな」バークリーはそう言うと、急いで用意された椅子にどさりと腰かけた。「ああ、ありがとう」ローレンスが気付け薬に差し出したブランデーのグラスを受け取り、ちびちびと飲んだ。ローレンスは、彼の首のクラヴァットをゆるめてやった。

「すまない。ひどい目に遭わせてしまったな」ケレリタスがあらわれて言った。そのころには、バークリーの呼吸も顔の赤みも元に戻りつつあった。「ふつうは、二週間ほどかけて、徐々に馴らしていくんだが、少し追いこみすぎたかもしれん」

「いや、すぐによくなります」バークリーが即座に返した。「時間が押し迫っていることはわかってますよ、ケレリタス。わたしのせいで足を引っ張りたくない」

その夜、テメレアが尋ねた。「ねえ、ローレンス。なにを急いでるの？」城壁の外側に落ちつき、本を読んでいるときだった。「大きな戦争があるの？　ぼくたちは、そのために必要とされてるの？」

ローレンスは、読みかけのページに指をはさみ、本を閉じた。「ちがうな——がっかりさせてすまないけど。わたしたちは新米だから、すぐに大きな戦いに登用されることはないだろう。ただし、ネルソン提督がフランス艦隊を打ち破るために、いまは本国を守っているベテランのロングウィングの戦隊を必要とするかもしれない。そうなったら、わたしたちは、出撃するロングウィングの代わりを務めることになる。ネルソン提督の戦いは熾烈《しれつ》をきわめるにちがいない。直接参加するわけじゃないけど、国の守りを固めるのも重要な任務だ」

「そうだね。あんまりわくわくしないけど」テメレアが言った。「それでも、フランスがこの国に攻めこんできたら、そのときは戦わなきゃいけないよね？」なによりもそれを望んでいるように聞こえた。

「そんなことは、ぜったいにあってほしくない」ローレンスは言った。「でもまあ、ネルソン提督がフランス艦隊を撃破するだろうから、ナポレオンに海を越えるチャンスはない。なんでもナポレオンは、兵士を運ぶために一千隻のボートを用意しているらしいが、そんなのはただの渡し船だ。艦隊の援護なしに出動させたら、わが英国海軍がまとめて海に沈めてくれるだろう」

テメレアがため息をついて、前足に頭を乗せた。「ふふん、そうか」

ローレンスは声をあげて笑い、テメレアの鼻づらを撫でた。「血に飢えたやつだな、きみは。心配するな。訓練を終えたら、いやというほど戦える。イギリス海峡でも小競り合いが頻発している。海戦の援軍として送りこまれることもあるだろう。単独でフランス艦を襲撃することだって、あるかもしれないぞ」この言葉に大いに元気づき、テメレアは機嫌よく読んでいた本に関心を戻した。

そして金曜日、この日は持久力が試された。テメレアとマクシムスがどれだけ長く滞空できるかを調べるために、戦隊のなかでスピードの遅い二頭のイエロー・リーパーと同程度の速度で、ただひたすら旋回しつづけることを求められた。二頭以外のドラゴンはそのあいだ、ケレリタスの監督のもと、上空で通常の訓練をつづけた。

降りしきる雨のせいで、渓谷のふもとの景色がけぶり、灰色一色に染まっていた。それが単調な訓練をよけいに退屈なものにした。テメレアが時折り首をめぐらし、少し悲しげに、これでどれくらい飛んだのかと尋ねた。ローレンスはそのたびに、前に同じ質問をしてからまだ十五分とたっていないことを告げるしかなかった。ローレンスは少なくとも、上を仰げば灰色の空を飛び回る色鮮やかなドラゴンたちを見ることができた。しかしテメレアは、つねに首を水平に保ち、飛行にもっとも適した姿勢をとりつづけなければならない。

三時間ほどたったところで、マクシムスのペースが落ちた。大きな翼の羽ばたきが鈍り、首が垂れた。バークリーがもはや限界と判断し、マクシムスを引きあげさせた。こうしてテメレアだけが残り、なおも旋回をつづけた。上空で訓練していたドラゴンたちがゆっくりと降下し、北の広場におり立った。彼らがマクシムスに敬意を払い、軽く一礼するのにローレンスは気づいた。遠く離れているので会話の内容まで聞こえてこないが、ドラゴンたちは、キャプテンがそばをうろうろしているときも、彼らだけで気やすく言葉を交わしていた。やがてケレリタスがみなを集め、きょうの訓練について講評した。テメレアはそれを見てため息をついたが、なにも言わなかった。ローレンスは上半身を前に傾け、竜の首を撫でてやった。そして、たとえ貯《たくわ》えを半ば失うことになろうと、エジンバラの宝石店を回って、テメレアのためにいちばん美しい宝石を選んでやろうと心ひそかに誓った。

翌朝早く、ローレンスは正面広場に向かった。ランキンと出かける前にテメレアに声をかけるつもりだった。通路から外へ出たとたん、思わず足が止まった。そこには数人の地上クルーの手で出発の装備をほどこされているレヴィタスの姿があり、ランキンが竜の頭にすわって、作業にはまったく無関心のようすで新聞を読んでいた。

「おはよう、ローレンス」小さなドラゴンがローレンスを見つけ、うれしげに挨拶した。「こちらが、ぼくのキャプテンだよ。来てくれたんだ！　これからいっしょにエジンバラまで飛ぶんだ」

「おやおや、こいつと話したことが？」ランキンが新聞をたたみ、ローレンスに近づいた。「話を疑っていたわけじゃありませんが、あなたはほんとうに、ドラゴンとの社交を楽しんでいたのですね。先々うんざりしないことを祈りますよ。さて、レヴィタス。きょうは、ローレンスとわたしを運んでもらおう。ローレンスにとって快適な旅になるよう努力しろ」

「もちろんです。まかせてくださいよ」レヴィタスは即座に応え、何度もうなずいた。

ローレンスはあたりさわりのない言葉を返し、動揺に気づかれないように足早にテメレアのそばに向かった。いったいどうすればいいのだろう。いまここでエジンバラ行きを辞退すれば、非礼はまぬがれないだろう。だが、どうにも胸くそが悪い。この数日間でこれまで以上にはっきりと、レヴィタスの不幸が、放置されている事実がわかった。小さなドラゴンは、やってこない担い手を待ち焦《こ》がれていた。その体とハーネスが多少なりともましになったのは、ローレンスが見習い生たちに面倒を見させ、ホリンにもハーネスの手入れをつづけるように頼んだからだ。この哀れなドラゴンを放置していた張本人がランキンだったと知って、ローレンスは痛烈な失望を味わった。冷ややかな態度で接するランキンに対して、レヴィタスが卑屈《ひくつ》な服従と感謝を返すようすも痛々しかった。

ドラゴンの世話を怠《なま》ける飛行士としてランキンを見ると、彼のドラゴンに対する考え方も、不愉快きわまる理解できないものになった。ランキンが同僚から孤立しているのは、行儀の良さのせいではなさそうだ。ほかの飛行士の自己紹介には、つねに竜の名がついてきた。しかしランキンは、竜の名より、彼の輝かしい一族の名のほうを優先させた。だから、レヴィタスが彼の竜だということがわからなかった。自分はその事実を知りえないままに、まったく尊敬に値しない人物と交友を深めていたというわけだ。

ローレンスは、安心させるようにテメレアを撫でた。いや、むしろそれは自分をなだめるためだった。「どうかした、ローレンス?」心配したテメレアが、鼻づらをこすりつけてきた。「なんだか元気ないね」

「いや、なんでもない、だいじょうぶ」ローレンスはいつもの声を出そうとした。「わたしが出かけても、きみはほんとうにかまわないのか?」外出を拒んでくれないかというかすかな期待をこめて尋ねる。

「ぜんぜん。夕方には戻ってくるんでしょ?」テメレアが尋ねる。「今夜は、ダンカン提督の本を読んでしまえるね。つぎは、数学の本を読んでほしいな。ほら、前に解説してくれたでしょ。長い航海をするとき、どうやって現在位置を知るか。時間と方程式だけで割り出すんだって。あの話がすごくおもしろかった」

ローレンスにとって数学は、三角法を頭に叩きこまれた若き日々から、海の上で欠かせない学問だった。だが実は、そこから足を洗えたことを心ひそかに喜んでいた。

「いいよ、きみが興味を持つなら」落胆を押し隠して言った。「でも、中国種のドラゴンについての話も楽しめるんじゃないかな?」

「ふふん、それも、おもしろそうだ。そっちをつぎにしよう」テメレアが言った。「本がたくさんあっていいな。それも、いろんな種類の本が」

もし、それでテメレアの知的好奇心が満たされ、憂鬱が晴れるなら、ローレンスはもう一度ラテン語を復習し、ニュートンの『プリンキピア』を原語で読んでもいいとさえ思った。もちろん、相当な苦行《くぎょう》にはなるだろうけれど。「じゃあ、これできみを地上クルーにまかせるよ。またあとで」

地上クルーを率いているのはホリンだった。ローレンスは、この若いクルーがテメレアのハーネスをよく手入れし、善意からレヴィタスの面倒も見ていることをケレリタスに報告し、彼をテメレアの地上クルーの長に推薦《すいせん》した。そして、うれしいことにそれが認められた。ただし、これは異例の昇進だけに、まだ不確定な要素もある。ローレンスは彼にうなずいて挨拶した。「ミスタ・ホリン、チーム全員を紹介してくれたまえ」

ローレンスはそれぞれの名前を頭のなかで繰り返して覚えてしまうと、しっかりと彼らの目を見つめ返して言った。「テメレアは扱いにくいタイプではない。しかし、ハーネスを調節するときは、いつも忘れずに、快適かどうかを彼に尋ねてほしい。テメレア、少しでも不快感や窮屈を感じたら、遠慮なく彼らに伝えるように」

レヴィタスを世話した経験から気づいたことだが、地上クルーのなかには、キャプテンが無関心でなにも要求しないと、竜の世話をないがしろにする者たちがいた。ホリンがいいかげんな仕事をするとは思えないが、ほかのスタッフには、テメレアに関しておざなりな世話は許さないと言明しておく必要があった。たとえ、うるさくて厄介なキャプテンだと噂されようが、かまわない。ほかの飛行士と比べて厳しいかもしれないが、部下から好かれるために自分の責務と信じるものを怠るつもりはなかった。

「了解」や「承知しました」の低いつぶやきが返ってきた。眉毛を吊りあげたり、目配せをしたりする者もいたが、ローレンスは取り合わなかった。「では、はじめてくれ」最後に大きくうなずき、ふたたびランキンのほうに重い足取りで向かった。

小さな旅への期待は、もはやどこにもなかった。ランキンがレヴィタスをぴしゃりと叩き、乗りやすいように首と背を落とした姿勢をとるように命じるのを、横で見ているのは耐えがたかった。ローレンスはすばやくレヴィタスにのぼり、自分の体重が竜に負担をかけない場所を選んでまたがった。

エジンバラまでの旅なら、そう長くはかからない。レヴィタスの飛行にはスピードがあり、地上の風景がものすごい速さで流れ去った。高速で飛ぶおかげで風がうるさく会話がほぼ不可能なのもありがたかった。ただランキンが叫ぶことに、短く反応していればよかった。こうして出発から二時間とかからず、高台のエジンバラ城のふもと、頑丈な石壁に囲まれた英国航空隊エジンバラ基地に到着した。

「静かに待ってろ。なんだろうが、ここのクルーにねだるな。戻ってきたとき、そんな話は聞かされたくないからな」レヴィタスからおりると、ランキンは厳しく言い渡し、レヴィタスが馬であるかのように、ハーネスについた手綱を杭《くい》に巻きつけた。

「いいな、食事はロッホ・ラガンに戻ってからだ」

「ここのみんなを困らせるようなことはしません。食事も待ちますよ。でも……少し喉が渇《かわ》いたな」レヴィタスの声が小さくなった。「せいいっぱい速く飛んだから」

「確かに速かったよ、レヴィタス。感謝する。もちろん、喉の渇きは癒してくれ」ローレンスは言った。もう黙って見ていられなかった。「おーい」と、発着場の隅にたむろするクルーたちに呼びかけた。彼らはレヴィタスが着陸したときも、まったく動こうとしなかった。「桶にきれいな水を入れて持ってきてくれ。ついでにハーネスの調整も頼む」

少し驚いたようすだったが、クルーたちはローレンスににらまれて、作業を開始した。ランキンは口をはさまなかったが、階段をのぼって基地を抜け、街の通りに出たところで言った。「あなたは、ドラゴンを甘やかしすぎている。まったく驚きましたよ。あれが一般的な飛行士のやり方だとしても、あなたには言っておきたい。安易な甘やかしより、厳しい躾《しつけ》のほうがよい結果を生む、と。たとえばレヴィタスは、危険を伴う長時間の飛行につねに備えておかなければならない。食事や水なしですますことに慣れさせるのが、やつのためなのです」

ローレンスは自分の立場が歯がゆかった。いまはランキンの客であり、夕方にはこの男とともに帰路につかなければならない。それでも、こらえきれずに言った。「ドラゴンに愛情を注《そそ》ぐのがよくないことだとは思えませんね。これまで出会ったドラゴンは、みんな魅力的で、敬意に値する存在だった。ごく当たり前で日常的な世話が甘やかしになるというのがあなたの考えだとしたら、まったく納得がいきません。経験から言わせてもらうなら、非常時の欠乏や苦難に耐えられるのは、むしろそれまで意味もなく欠乏や苦難を強いられたことのない人間のほうだと思いますね」

「おやおや、それは人間の話でしょう。ドラゴンはちがいます。ま、あなたと議論する気もありませんがね」ランキンはお気楽そうに言った。この態度にローレンスはますます腹が立った。ランキンが本気で自分の哲学を主張したいのなら、頑固だとしても真摯《しんし》な態度で議論に臨《のぞ》むべきなのだ。だがランキンにそんな気はない。彼が求めるのは己れの安楽だ。彼の発言は、自分の怠慢に対する言い訳でしかなかった。

幸いにも、十字路がすぐ先にあった。これ以上、この男といるのはまっぴらだ。ランキンはこの街の軍施設を巡回することになっていたので、出発前に基地で落ち合うことを確認し、ローレンスはせいせいした気持ちで、彼とは別の道を歩きはじめた。

それから一時間、ただ気持ちを落ちつけ、頭のなかを整理したいがために街のなかを歩きまわった。レヴィタスの状況を改善する方法を考えてみたが、これといった手だては頭に浮かばなかった。ランキンは非難には慣れているだろう。バークリーの沈黙、ハーコートのぎこちなさ、飛行士仲間のそっけなさも、ケレリタスの険しい態度——そのすべてにいまや納得がいく。ランキンとばかり親しく交わることで、彼のやり方まで承認しているように、彼らに思わせてしまったのではないか。そう考えると、やりきれなかった。

ほかの士官たちが冷ややかな視線を向けてきたことは、もっともだった。知らなかったではすまされない。知るべきだったのだから。新しい同僚の冷ややかな態度の根をさぐるより、ランキンとの交流を楽しむほうに気持ちが傾いた。ランキンは、同僚たちが距離をおき、不信の目で見る人物だったというのに。その評価を信用せず、意見を求めようともしなかった。それでどんな言い訳が立つというのだろう?

それでも歩きまわるうちに、なんとか冷静になれた。この数日間の自分の軽率さが招いた痛手を修復するのは、そう簡単ではないだろう。しかし、態度を改めることはできる。改めよう。そして、テメレアに心を傾け、献身しよう。なにがあっても、本来そうあるべきなのだから。それをつづければ、自分が飛行士の怠慢を認めるつもりも、それを実行するつもりもないことを、身をもって証明できる。バークリーをはじめとする同じ戦隊の飛行士たちに心を開き、仲間より自分を上に見ているわけではないことを、態度で伝えなければならない。評価を変えるには時間がかかるかもしれない。でも、いまはそうするしかない。とにかく腹を据えて、どんなに長くかかろうとも、自分にできることを辛抱強くつづけること、それが最善の方法だ。

こうして、心を立て直したローレンスは、王立スコットランド銀行のエジンバラ支店に足を向けた。いつもはロンドンのドラモンズ銀行を使っているのだが、ロッホ・ラガンへの赴任が決まったとき、拿捕賞金の受け取り代行者に手紙を書いて、アミティエ号を拿捕したことへの報賞金をここに送るよう頼んでおいた。銀行で名前を告げると、すぐに奥の小さな個室に案内されて、丁重な扱いを受けた。手紙で指示したことが、すみやかに実行されていたにちがいない。

拿捕賞金について尋ねると、銀行家のドネルソンがほくほく顔で、今回のアミティエ号の拿捕賞金には、孵化前の卵と同等の価値を持つと見なされたテメレアの捕獲賞金も含まれている、と説明した。「フランスがその卵の価値をどの程度に見積もっていたのかが不明で、査定が難航したそうです。が、結局、リーガル・コッパー種の卵に匹敵すると評価されたと聞きます。賞金全額から、あなたの取り分は四分の一、ほぼ一万四千ポンドになります」ドネルソンが締めくくり、ローレンスはその額の大きさに仰天《ぎょうてん》した。

上質のブランデーをふるまわれて、ようやく気が落ちつくと、この賞金の交渉には指揮官であるクロフト提督の利己的な奮闘があったにちがいないと思えてきた。しかし、なんの文句があろう。ドネルソンと協議し、賞金のほぼ半額を王立スコットランド銀行に委託し、公債に投資することにした。そして彼と堅く握手し、大量の銀行券と金塊を手にして銀行をあとにした。ドネルソンは、買い物をするときにローレンスの身もとを保証する書状を書いてくれた。拿捕賞金に関する知らせだけで、気持ちが上向きになった。そのあとは書店で大量の本を購入し、宝石店に向かった。品物を吟《ぎん》味《み》しながら、それを贈ったときのテメレアの幸福そうなようすを想像していると、ますます気分が晴れていった。

結局、胸当てのような、プラチナ製の大きなペンダントを買うことにした。中央に位置する大粒の真珠をサファイアが囲んでおり、ドラゴンの成長に合わせてチェーンを調整することができた。ごくりと唾《つば》を呑むほど高額な品物だったが、思い切りよく小切手にサインした。すると、使いの少年が銀行に走り、預金があることを確認して戻ってきた。ただちにペンダントが包装され、かなりの重さになるものの、それを持ち帰ることができるようになった。

約束の時間までまだ一時間あったが、店からまっすぐエジンバラ基地に戻った。レヴィタスがほこりっぽい発着場にひとりぽっちで、しっぽを体に巻きつけるようにうずくまっていた。疲れて、寂しそうだった。基地の小さな囲い地に羊が飼われていたので、ローレンスはそのうちの一頭をレヴィタスに与えた。それからこの小さな竜のそばにすわって、ランキンが戻ってくるまで、おだやかに会話をつづけた。

帰路はいくぶんスピードが落ちた。ロッホ・ラガンに到着すると、ランキンが冷ややかにそれを指摘した。無礼かどうかなどはもう気にもかけず、ローレンスは横合いからレヴィタスに話しかけ、飛行の労をねぎらい、体をやさしく撫でた。しかしそれでも、心残りがあった。ランキンが行ってしまったあと、広場の片隅にぽつんといる小さなレヴィタスを見るのが、やりきれなかった。が、レヴィタスをランキンに与えたのは航空隊司令部だ。新人のローレンスに、古参のランキンに行いを改めさせるような権限はない。

テメレアの新しいハーネスが、広場のふたつのベンチに整然とまとめてあった。広い革の胸当てに、銀の鋲《びょう》で、Temeraire と名前が記されている。テメレアはきょうも城壁の外にいて、日が傾くにつれて、闇が濃くなっていく湖と渓谷を見つめていた。その眼が思い悩むような、少し悲しげな色を帯びている。ローレンスは竜のかたわらに行き、重い包みを差し出した。

ペンダントを見たテメレアのたいそうな喜びように、ローレンスは救われた気持ちになった。プラチナが漆黒の体によく映《は》えた。テメレアはいったん胸もとにつけたペンダントを、前足を使って斜めに傾け、大粒の真珠をうっとりと見おろした。それをためつすがめつしていると、竜の瞳孔がいつになく大きくなった。「ぼくは真珠が大好きなんだよ、ローレンス」感謝するように、頭をローレンスにこすりつける。「とてもきれいだ。だけど、ものすごく高かったでしょう?」

「こんなにかっこいいきみを見られるのなら、お金なんてちっとも惜しくない」ローレンスは言った。本音を言えば、こんな幸せそうなきみを見られるなら、だ。「アミティエ号の拿捕賞金が入ってきた。だから、ふところには余裕がある。それもきみのおかげだな。賞金の大半は、きみをフランス艦から奪い取ったことによるものなんだから」

「そうか。ぼくはなにもしてないけどね。でも、うれしいよ」テメレアが言った。「どんなフランス人のキャプテンだって、あなたの半分も好きになれなかったような気がする。ねえ、ローレンス、ぼく、すごく幸せだ。ほかの誰も、こんなすてきなのは持ってない」テメレアはローレンスに寄り添い、満足のため息をついた。

ローレンスは、竜の前足に腰をおろし、体を撫でた。そして、まだペンダントを満足げに眺めているテメレアを見て、幸福感に浸った。もしフランス艦アミティエ号の航行があれほど遅れて、ローレンスの艦に拿捕されることがなかったら、いまごろは、フランス人飛行士がテメレアの担い手になっていたのだろうか。そんなことは、これまで考えてみたこともなかった。もしかしたら、テメレアの孵化に立ち合うはずだったフランス人飛行士が、いまごろどこかで、己れの不運を嘆いているのだろうか。フランスはすでに、自国の艦もろとも、竜の卵が奪われたことを知っているにちがいない。孵化したのが稀少なインペリアル種だということ、竜の子が英国人の手でハーネスを装着されてすくすくと育っているということまでは、知らないとしても。

ローレンスは、美しく装ったテメレアを見あげ、心の底に澱《おり》のように沈んでいた悲しみと不安が消えていくのを感じた。どこかで嘆いているかもしれないフランス人のそいつと比べれば、いかなる運命に翻弄《ほんろう》されようとも、自分のほうがずっとましだ。

「何冊か本も買ってきたよ」と、ローレンスは言った。「ニュートンからはじめるのはどうだろう？　ニュートンという科学者が、数学のさまざまな原理についてラテン語で本を書いている。その英訳本を見つけたんだ。でも、先に言っておくけど、きみに読んであげるぜんぶを、わたしが理解できているとは思わないでくれ。数学はそんなに得意じゃない。海軍に入って、教師たちに無理やり頭に叩きこまれたこと以外はわからない」

「それでいいよ」テメレアが、新しい宝物からしばし眼を離して言った。「ぼくたちふたりで力を合わせれば、解けない問題なんてないんだからね」

（下巻につづく）

本書は二〇〇七年十二月　ヴィレッジブックスから刊行された「テメレア戦記1　気高き王家の翼」を改訳し、二分冊にした1です。

テメレア戦記1

気高き王家の翼　上

2021年12月7日　第1刷

作者　ナオミ・ノヴィク

訳者　那波かおり

発行者　松岡佑子

発行所　株式会社静山社

〒102-0073 東京都千代田区九段北1-15-15

電話・営業 03-5210-7221

https://www.sayzansha.com

ブックデザイン　藤田知子

組版　アジュール

印刷・製本　中央精版印刷株式会社

ISBN978-4-86389-640-6